KB184834

삶에 창을 내다

삶에 창을 내다
-사각형 안에 갇힌 건 아닐까?

초판 인쇄 2024년 12월 15일
초판 발행 2024년 12월 20일

엮은이   양천해누리복지관
펴낸이   신현운
펴낸곳   연인M&B
기 획   여인화
디자인   이희정
마케팅   박한동
홍 보   정연순
등 록   2000년 3월 7일 제2-3037호
주 소   05056 서울특별시 광진구 자양로 73(자양동 628-25) 동원빌딩 5층 601호
전 화   (02)455-3987 팩스(02)3437-5975
홈주소   www.yeoninmb.co.kr
이메일   yeonin7@hanmail.net

ⓒ 양천해누리복지관 2024 Printed in Korea

ISBN 978-89-6253-587-7 03810

양천해누리복지관
서울시 양천구 목동동로 159
www.ycsupport.or.kr

삶에 창을 내다

중헌 선생의

갇힌 건 아닐까?

연인M&B

"조그만 창이 없으면, 사각형 안에 갇히는 건 아닐까?"

길가에 난 창을 보다가 문득 그런 생각을 해 봅니다.
창을 통해 마주하는 바람, 햇빛,
그리고 지나가는 누군가의 소리~

매일 마주하는 일상, 사람과 맞닿게 해 주는 통로가 창이라면,
우리가 만나는 장애인들의 삶에는 얼만큼의 창이 내어져 있을까요?

2024년,
우리가 만나고 있는 장애인의 집에
조금은 더 따뜻하고 행복한 바람이 불기를 바랐습니다.
그리고 창을 통해 누군가와 말을 건네고
이어지는 관계가 계속되기를 바랐습니다.

지난 우리의 걸음을 돌아보며,
우리의 실천을 통하여 장애인의 삶에
조금 더 너른 창이 생기길 바랍니다.

2024년 12월
양천해누리복지관

2. 사람을 잇는다

3. 다정한 마을을 꿈꾸다

4. 즐거운 실천을 해내다

1. 마음이 닿는다

안녕하신가요?

2020년 팬데믹 이후 당연하던 우리의 일상이 무너졌고, 이러한 변화는 복지관에서 만나는 발달장애인들의 삶에도 어려움을 갖게 하였습니다.

매일 가던 유치원, 학교, 복지관, 작업장 등 규칙적으로 이용하던 서비스가 갑자기 중지되면서, 장애인의 매일은 다시 당사자와 가족의 부담으로 고스란히 남겨졌습니다.

코로나가 안정화되고 다시 일상의 회복을 이야기하고 있는 지금, 과연 발달장애인[1]의 매일도 안녕할까요?

---

1) 발달장애인은 어렸을 때부터 발달 과정에서 어려움을 겪는 장애를 가진 사람을 말합니다. 이는 주로 지적 능력, 의사소통 능력, 사회적 상호작용 능력에 영향을 주며, 자폐 스펙트럼 장애, 지적 장애, ADHD 등이 포함됩니다. 발달장애인도 장애와 무관하게 각자의 개성과 강점을 가지고 있으며, 적절한 지원과 교육을 통해 독립적인 생활을 하거나 사회에 활발히 참여할 수 있습니다. 중요한 것은 이들이 필요한 도움을 받고 그들의 능력을 발휘할 수 있는 환경을 만드는 것입니다.

복지관 통합사례회의²⁾에서는 코로나 이후 밤낮이 바뀌고, 주변을 배회하며 생활이 불규칙해진 발달장애 성인에 대한 논의가 있었습니다.

"본인도 가족도 원치 않는데, 억지로 프로그램에 참여를 시키는 것이 가능할까요?"

"프로그램에 참여하려면 집단 안에서의 규칙 이행이 가능해야 하는 데, 머리 감기, 양치질 아주 기본적인 생활 관리도 되지 않는 상황에서 무조건 프로그램에 참여하는 게 맞는지 모르겠어요."

"밤에 밖에 나가서 어떤 활동을 하는지, 그 안에서 다른 문제는 없는지, 기우일 수도 있지만, 조금은 적극적으로 삶의 변화를 도와야 하지 않을까요?"

"일상의 루틴이 깨지고, 불규칙한 가운데에서도 일주일에 한두 번쯤은 복지관에 들러 주고 있으니 그래도 관계를 시작해 볼 만하지 않을까요?"

"코로나 이전에는 센터도 다니고 오랫동안 작업 활동도 유지한 경험이 있으니, 안정되면 참여할 수 있는 여지가 충분히 있을 수 있을 것 같아요."

회의 내내 어떻게 서비스를 지원하고, 개입해야 할지 고민했고, 여러 논의가 진행되었습니다.

---

2) 통합사례회의는 복합적인 어려움을 가지고 있는 장애인과 가족의 어려움을 해결하기 위해 각 팀 담당자들이 모여 논의하는 과정으로 정기적으로 사례를 공유하고, 긍정적인 삶의 지원을 위해 방법을 모색합니다.

그리고 결국 저희는 이렇게 정리하였습니다.

코로나 이후 일상의 루틴이 무너진 발달장애인에게 기존의 서비스(정해진 서비스)에서 답을 찾기보다는 천천히 적응을 위한 과정을 돕기로요~~

복지관 자립지원팀 내에서 관계를 맺고 천천히 일상의 루틴을 회복할 수 있도록 지원해 보기로 하였습니다.

끝까지 적응을 돕지 못할 수도 있겠지요?
그러나 아주 조금이라도, 지금과 다른 한 걸음을 내딛을 수 있도록 장애인의 삶의 스며들겠습니다.

— 사회복지사 김윤희

마음이 깃들다

국어사전에서 '깃들다'라는 말의 의미를 찾아보면 이렇습니다.

1. 아늑하게 서려 들다 2. 감정, 생각, 노력 따위가 어리거나 스미다

사례활동을 구실로 만남이 이어집니다.
서로 만나면서, 함께하는 시간만큼 마음이 깃듭니다.
그럴 때 힘이 납니다. 고맙습니다.

사람 사이의 관계에서 마음이 깃들기를 바랍니다.
그러면, 조금은 살맛나는 매일이 되겠지요?

— 사회복지사 김윤희

늦어서 죄송합니다

2024년 1월, 장애인 가정을 방문하였습니다.

여러 차례 수술을 받으면서 전보다 거동이 많이 불편해진 어르신의 가장 큰 바람은 공동현관과 연결되어 있는 인터폰의 높이를 낮게 하는 것이었습니다.

찾아오는 사람들이 현관문을 눌러도, 본인이 직접 문을 열지 못해서, 때때로 사람 없는 집인 줄 알고 그냥 가는 사람들이 있다며 속상한 마음을 토로하고, 손이 닿을 수 있는 위치에 인터폰이 있으면 조금 살 만하겠다 하였습니다.

"어떻게 하면 인터폰을 연결할 수 있을까?"

복지관에 와서 가정의 상황을 이야기하고
좋은 방법이 있을지를 의논했습니다.
그리고 안쪽에 전선을 연결하면 예쁘지는 않지만,
인터폰을 손이 닿는 위치에 내릴 수 있다는 답을 얻었습니다.

어려운 일이 아니었는데,
차일피일 미루다 이제야 인터폰을 옮겨 달았습니다.
1층 현관에서 15**호 호출 버튼을 누르고,
잠시 뒤 인터폰에서 나오는 어르신의 음성을 들으면서
반갑고 웃음이 나왔습니다.

복지관으로 복귀해서 어르신께 한 통의 문자를 보냈습니다.

"그렇게 어려운 일이 아니었는데, 좀 더 일찍 돕지 못해 송구한 마음입니다. 늦어서 죄송합니다."

누군가를 돕는다면서
쉽고 바로 해결할 수 있는
작은 일에도 무심한 저를 돌아봅니다.

사례활동을 통해서 우리가 원하는 일,
아주 조금의 변화일지라도,
그 변화를 통해 장애인의 삶이 조금 더

살만해지기를 바라는 마음.
사례활동의 목적을 잊지 않아야겠습니다.

— 사회복지사 김윤희

사례활동은 지역에서 복합적인 어려움을 가진 장애인과 가족이 건강하고 안정된 삶을 살아갈 수 있도록 돕는 과정으로, 복지관에서는 지속적으로 참여자와 만나면서 지금의 삶에서 '무엇이 달라지기를 원하는지, 그 변화를 위해 무엇을 할 수 있을지'를 꾸준히 묻고 의논하고 있습니다. 함께 목표를 수립하고 변화를 위해 노력하는 모든 과정(계획수립-서비스제공-평가 및 점검 등)이 사례활동에 포함됩니다.

당연하지만, 당연하지 않은 일

"머리를 자르고 싶으면 미용실에 가면 되지 않냐구요?"

당연하다고 생각한 것들이 당연하지 않은 사람들도 있습니다.

권익옹호팀에서 가정방문하면서 만난 2명의 이용자도 그렇습니다.
한 분은 낯선 공간과 각종 소음으로 미용실의 문턱을 넘는 것이

어려웠고, 한 분은 감각이 예민해 머리를 빗고 자르는 일련의 과정에 참여가 어려웠습니다.[3]

'머리가 길렀다 → 머리를 잘라야 한다 → 미용실에 가야 한다'는 일반적인 방법으로는 해결이 어려운 누군가도 있습니다.

일회성이지만 다행히 가정으로 가서 머리를 잘라 주겠다는 봉사자를 만나 이전과는 조금 다른 시도를 해 볼 수 있게 되었습니다.

가정에서 머리를 자르니, 미용실을 거부하며 뛰쳐나왔다던 이용자의 모습은 찾아볼 수가 없습니다. 머리가 완성될 때까지 가만히 자리에 앉아 웃으며 기다리는 모습이 인상적입니다.

사람을 바꾸려면 답이 찾아지지 않을 수도 있습니다.
주변 환경을 바꾸었더니 오히려 변화가 가능해졌습니다.

---

3) 발달장애인은 시각, 청각, 촉각, 후각 등 일상에서 느끼는 다양한 감각을 일반적인 사람들과 다르게 경험하는 경우가 많고, 이러한 감각적 차이는 일상생활에 큰 영향을 미칩니다. 발달장애인이 안정적으로 삶을 유지하기 위해서는 주변에서 이를 이해하고, 적절하게 환경을 만들어 주는 노력이 무엇보다 중요합니다.

* 시각적 민감성 : 일반 사람들보다 빛에 민감하거나, 특정 색이나 패턴에 예민하게 반응할 수 있습니다.

* 청각적 민감성 : 소리에 대한 반응이 강해서, 일반적인 사람들에겐 평범한 소음이 매우 크고 거슬리는 소리로 느껴질 수 있습니다. 예를 들어, 기계 소음이나 여러 사람이 동시에 말하는 소음 등 특정 소리가 불편해서 집중하기 어렵거나 불안을 느낄 수 있습니다.

* 촉각적 민감성 : 옷감의 질감, 온도, 혹은 물건의 감촉에 민감할 수 있습니다. 부드럽거나 차가운 것을 좋아하거나, 반대로 까칠한 재질을 싫어할 수도 있습니다.

* 후각과 미각 민감성 : 냄새와 맛에 매우 예민하게 반응하는 경우가 있습니다. 특정한 냄새가 불편하거나 구역질이 나게 할 수도 있고, 식감이 특이한 음식을 먹기 힘들어하기도 합니다.

장애인이 지역에서 사람답게 살 수 있도록 환경을 만들고 좋은 사람들을 연결하고 싶습니다.

어머님께서 감사 인사와 함께하신 이야기가 기억에 남습니다.

"집에서 자르니까 이렇게 쉽네요. 머리는 잘라야 하는데 미용실은 안 가지, 복지관이랑 동 주민센터에 찾아가도 그런 서비스는 없다고만 하니… 답답했는데 이제 조금 그 마음이 풀렸어요. 사실 미용실이 집 바로 앞에 있으니까 한 번 머리 자르러 와 주면 안 되냐고 부탁해 보려고도 했는데 거절당할까 봐 무서워서 말을 못했어요."

어머님, 방법을 이미 알고 있으셨네요.
우리 가까이 이웃에 도움을 요청하고 함께 문을 두드려 보아요.

작은 두드림이 변화의 시작임을 믿습니다.
장애는 사람에게 있지 않습니다. 주변의 환경을 바꿔 주는 일,
그 일을 잘해 나가고 싶습니다.

― 사회복지사 양수현

걱정하는 마음, 그것으로 족합니다

사례활동을 진행하는 과정에는 참여자와 함께 목표를 점검하고 수정하는 시간이 있습니다. 목표를 이루기 위해 노력한 그동안의 과정이 잘 진행되었는지 점검하고 혹 조정이 필요한 사항에 대해 같이 이야기 나누기도 합니다.

사례활동이 시작되고 6개월이 지난 가정을 오늘 담당자와 함께 방문하였습니다. 생각보다 많은 것을 하지 못했고, 변화된 것이 딱히 없어 미안한 마음 가득 안은 담당자와 함께요~~

6개월의 과정을 돌아보면서 참여자분이 직접 체크하시는데, 저희가 보기에 너무 부족했던 과정도 "잘했다"에 체크를 하십니다. 혹시 저희의 설명이 잘된 것인지, 이해는 제대로 한 것인지 궁금하여 제가 물었습니다.

"딱히 달라진 게 없는데 왜 '좋았다'에 체크하세요?"

그때 참여자가 이렇게 얘기했습니다.

"안 되었어도. 선생님이 나를 위해 이렇게 마음을 써 주고, 애쓰니 잘했어요. 고마워요."

그 말이 참 고맙기도 하고, 또 힘이 되기도 하였습니다.

"그동안 많은 사람이 다녀갔는데 이 선생님은 달라요. 나랑 같이 해 보려고 묻고, 알아봐 주고, 기다려 주고~ 내가 비디오테이프 가게를 하면서 손님을 오래 상대하다 보니, 만나면 좋은 사람인지 아닌지 단번에 알 수 있어요."

이야기를 건네시는 참여자의 이야기에 많은 생각이 듭니다.

서비스를 찾고 연계하는 것은 어쩌면 정보를 아는 누구나 할 수 있는 일인지도 모릅니다.
마음을 나누고, 관계를 이어 가며 기다려 주고 할 수 있도록 옆에서 지켜봐 주는 것, 신경을 써 주고 걱정하는 마음을 나누는 것이 사례활동의 가장 중요한 부분일 수도 있겠습니다.

노력하는 담당자의 마음을 알아주셔서 감사하다 인사드리고 집을 나오면서 웃게 됩니다.
참여자도 우리 담당자를 만나서 살맛이 난다 생각했겠지요?

마음을 나눌 수 있으면, 그것으로 괜찮겠습니다.
– 사회복지사 김윤희

위험을 감수할 권리

얼마 전, 저와 만나고 있는 장애인이 집에서 가스 불을 켜다가 머리에 불이 붙어 화상을 입는 일이 있었습니다. 그분은 지적장애인으로 일상에서 살아갈 때 주변에서 일부 도움이 필요합니다. 혼자서 온전히 자기 역할을 하기는 어렵지만, 아이를 키우는 엄마이고, 누군가의 아내이고, 또 자기 삶의 주인이기 때문에 일상에서 스스로 할 수 있는 일이 더 많아지도록 활동지원사[4]를 통해 반복적으로 일상을 도움 받고 있습니다. 대신 해 주는 것이 더 쉽고 편하지만,

---

4) 활동지원사는 혼자서는 일상생활 및 사회생활을 영위하기 어려운 장애인을 직접 만나 지원하는 사람으로, 장애인의 자립생활과 사회참여를 돕고, 가족의 부담을 덜어 줍니다. 좋은 관계를 통해 일상을 지원하면 장애인이 스스로 할 수 있는 일이 많아지고, 삶이 안정됩니다.

그분이 자기 삶의 주인 됨이 마땅하기에 그렇게 돕고, 스스로 할 수 있도록 격려합니다.

화상으로 눈도 제대로 뜨지 못하는 그분을 보면서, 속상했고 또 당황했고 아주 작은 것이라도 좋으니 물도 끓여 보고 요리도 해 보라고 잔소리한 게 후회되는 마음도 들었습니다. 괜히 저 때문에 다친 건 아닌가 하는 죄책감도 들었고요.

그러다 문득, 정신을 차렸습니다.

저도 살면서 실패하고, 또 위험도 감수하면서 살아갑니다. 장애가 있고, 없고의 문제가 아니라 살면서 맞닿는 수많은 일들이 참 자연스러운 일이겠다 싶습니다.

저의 괜한 마음이 괜한 것이 아니길 바라는 마음으로, 그분과 제가 할 수 있는 일이 무엇일까 고민했습니다. 그리고는 인덕션을 사는 것이 어떤지 제안드렸습니다. 요리하는 것이 자연스러운 일상인데 다쳤다고 일상을 포기하기보다는 조금 더 안전한 방법으로 하면 어떻겠는지 권했습니다.

그리고 성격 급한 제가 알아보지 않고, 그분의 삶의 가장 가까운 곳에서 돕고 있는 활동지원사 선생님께 함께 도와줄 수 있는지 여쭤 보도록 권유했습니다. 그리고 천천히 도움을 요청하고 인덕션이 마련되기까지 한 달 조금 더 걸렸습니다.(성격 급한 저도 잘 참아 냈습니다.)

제가 알아보고, 도움을 줄 수 있는 곳을 찾고 지원하면 더 쉬웠을까요? 조금 더 시간이 걸렸지만, 그분이 도움을 요청하고, 모아 놓

은 돈으로 인덕션을 구매하고 사용법을 조금씩 알아 가면서 또 성
장했을 거라 기대합니다. 또 설령 그렇지 않더라도 경험했다는 것
으로 충분합니다.

우리는 모두 실패하고, 그 실패를 거듭하면서 성장합니다.
장애가 있다는 것이 실패를 하지 말아야 할 이유는 아닙니다.
쉽고, 빠른 방법이 아니라 조금 느리더라도 옳고, 지혜로운 방법으
로, 그분이 직접 주인 되게 하는 방법으로 돕고 함께하고 싶습니다.

오늘, 활동지원사 선생님이 재워 주신 고기를 인덕션으로 그분이
직접 조리하여 맛있는 밥 한상을 얻어먹었습니다.
몸도 마음도 가장 따뜻한 식사였습니다. 고맙습니다.

— 사회복지사 김윤희

끝까지 해냈으니 칭찬받아 마땅합니다

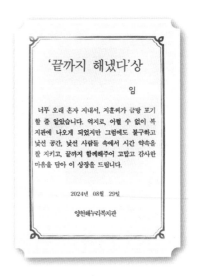

'끝까지 해냈다'상

임

너무 오래 혼자 지내서, 지훈씨가 금방 포기할 줄 알았습니다. 억지로, 어쩔 수 없이 복지관에 나오게 되었지만 그럼에도 불구하고 낯선 공간, 낯선 사람들 속에서 시간 약속을 잘 지키고, 끝까지 함께해주어 고맙고 감사한 마음을 담아 이 상장을 드립니다.

2024년 08월 29일

양천해누리복지관

○○ 씨, 미안합니다.
이렇게 환하게 웃으면서
좋아할 줄 알았으면,
고민하지 말고,
기쁜 마음으로 준비할 걸
그랬습니다.

칭찬받을 이유가 있어서 칭찬하는 일은 당연하겠지요?
칭찬의 경험을 통해
더 잘하고 싶어질 수 있다는 것을 잠시 잊고 있었습니다.

억지로, 어쩔 수 없이 복지관에 나오게 되었지만,
그럼에도 낯선 공간, 낯선 사람들 속에서 시간 약속을 지키고,
끝까지 함께해 줘서 고맙습니다.

마음을 온전히 전달하고 싶었습니다.

저희의 마음이 닿아서 언젠가 다시 또 복지관에서 ○○ 씨를 만나게 되기를 바라겠습니다.

그때는 억지로 말고,
진짜 마음이 동해서 저절로 나오게 되는
발걸음을 기대할 수 있을까요?

○○ 씨가 그런 마음을 먹을 수 있도록
저희가 더 노력하겠습니다.

○○ 씨는 고등학교를 졸업하고 군대에 갔다가 적응을 잘하지 못하고 의가사 제대를 했습니다. 군 제대 이후 정기적으로 하는 일 없이 집에서만 지낸 지 벌써 10년이 되었습니다. 여러 차례 가정에 가서 복지관 이용을 권유하였지만, 매번 실패했습니다.

다른 사람들이 피곤해서 집으로 돌아가는 늦은 저녁, ○○ 씨는 집에서 나와 지하철역 주변을 오랜 시간 배회하고 서성입니다. 사람들과 관계하지 않고 혼자, 그렇게 지내는 것이 편안한 모양입니다.

얼마 전 그렇게 지역을 배회하는 중에 무인가게에 들어갔다가 호기심에 돈을 지불하지 않고 물건을 훔치는 일이 발생하였습니다. 경찰에 가서 조사도 받고 법원 판결을 기다리고 있습니다. 가족들과 의논하여 사회봉사 명령을 받은 것처럼 6개월 간 복지관 프로그램을 주 3회 정기적으로 이용하기로 했습니다.

지은 잘못 때문인지 그래도 거절하지 않고 응해 주어서 6개월 이후에도 꾸준히 참여할 수 있기를 간절히 바라는 마음으로 선생님들과 의논하고 그렇게 ○○ 씨를 만나기 시작했습니다.

그리고 오늘이 약속한 마지막 날입니다.
저나 가족들 마음과는 다르게 ○○ 씨는 그 약속을 지키느라 애쓴 모양입니다.
힘들었던 만남을 빨리 정리하고 싶었던 사람처럼, 무 자르듯 그렇게 만남을 끝내는 오늘을 행복해하네요.
다행히 집과 가까운 곳에서 진행되는 한 달에 두 번 하는 모임에는 참여한다니 그래도 다행스런 마음입니다. 간절했던 바람이 커서인지 자꾸만 아쉽고 속이 상합니다.

우양재단에서 진행하는 '축하해요 이벤트'에 기분 좋게 축하를 신청했으면서, 마지막까지 줄지 말지를 고민한 거 보면 제가 꽤 속이 상했던 모양입니다.

선물을 받고, "이거 저한테 주시는 건가요?" (준비한 선물은 안 가져도 된다고 이야기하면서) 상장을 챙기는 ○○ 씨 보면서 마음이 스르르, 그런 고민을 한 제가 부끄러웠습니다.

○○ 씨는 이미 축하받아 마땅했습니다.

너무 오래 혼자 지내서 사실 금방 포기할 줄 알았습니다.

프로그램에 참여하면서 생일 맞은 옆 동료에게 축하의 인사도 건네고, 활동하면서 자기 이야기도 나누고, 만든 꽃다발을 전해 주던 모든 순간, ○○ 씨가 애쓰고 노력하지 않은 순간이 없음을 너무 잘 알고 있습니다. 혼자가 익숙해서 다시 혼자가 되는 선택을 하게 되더라도, 같이 함께했던 순간에 저희의 마음이 온전히 전달되고 그리워지길 바랍니다. 그리고 아주 천천히 다른 사람들과 교류하고, 힘을 얻게 되기를 바랍니다.

○○ 씨의 매일을 열심히 응원하겠습니다. 고맙습니다.

— 사회복지사 김윤희

다음 외출은 가족들과 외식입니다

띠리리~~

작년 9월, 처음 만난 ○○ 씨가 리모컨으로 현관문을 열어 주는 소리입니다.

○○ 씨는 이사에 대한 꿈을 이야기합니다.

지금 살고 있는 집에서 외출을 하지 못한 지 벌써 3년이 되었다 했습니다. 거동이 불편한 ○○ 씨가 4층 계단을 내려오는 일은 감히 상상할 수 없는 일~~ 1층이나 엘리베이터가 있는 집을 구해야 하는데 여전히 어렵고 더딘 일이라 했습니다.

최근에 ○○ 씨와 함께 국민임대아파트를 신청했습니다. 그동안 은 신청 기간도 잘 모르고, 주거약자 전형이 있는지도 잘 알지 못해 제대로 신청을 하지 못했다 합니다. 매번 집을 찾는 수고로움을 아 내와 자녀에게 맡겨 두고 맘 졸이던 ○○ 씨가 이번에는 직접 신청 한 아파트의 결과를 기다리면서 기대하는 만큼 설레는 결과를 얻게 되면 좋겠습니다.

어느 날은, ○○ 씨가 계속 집에만 있으니 몸이 저리고 굳어 가는 것 같다고 하셨습니다. 올해는 꼭 건강검진을 하고 싶다고 이야기하셔서 어떤 방법으로 이동하면 좋을지 함께 의논하였습니다. 도저히 혼자 힘으로 걸어서 내려가는 것은 어렵고, 누가 옆에서 부축해도 힘들 것 같다고 하셨습니다.

결국 고민 끝에 조금 부담이 되더라도 사설 구급차를 불러 병원을 예약하고 함께 가기로 했습니다. 한번 이동하는데 15만 원의 비용을 지출해야 합니다. 들 것을 요청했지만 계단이 좁아 결국은 업혀 내려왔습니다.

1층에 다다른 ○○ 씨는 환히 웃으며, 휠체어에 앉아 두 발 딛고 있는 땅이 더없이 반갑고 감격스럽다 합니다.

매번 집에서만 뵙다가 밖에서 뵈니 햇살 아래 ○○ 씨가 더 빛나고, 밝아 보입니다. 당연하게 생각하고 있던 일상이 누군가에게는 버겁고 어려운 일이라는 것이 이렇게 깊이 공감된 적이 있나 싶습니다.

외출을 하게 된 날, 슬프게도 갑자기 비가 많이 와서 건강검진만 하고 집에 돌아가야 했습니다. 치과에 가고, 오랜만에 가족들과 외

식도 해 보고 싶은 마음이었는데 말이죠~~

외출을 끝내고 ○○ 씨는 이틀을 꼬박 앓았습니다. 몸에도, 마음에도 부담이 컸던 탓이었겠지요… 그러나 그 부담감만큼이나 다시 또 외출을 기대하고 계신 것이 분명합니다.

사례활동 목표를 정할 때 '가족과 함께 외식하기'라는 목표를 정했습니다. 다시 또, 기대하며 다음을 기약하겠습니다.

— 사회복지사 박해나

묻는 것이 달라지면 대답이 달라집니다

저는 요즘 묻는 연습 중[5]입니다.

늘 사용하는 익숙한 질문이 아니고, 새롭게 질문하려고 노력합니다.

"요즘 어떤 어려움을 겪고 있으세요?"

"이렇게 하면 좋지 않을까요?"

그동안은 저와 만나는 분이 무엇 때문에 어려움을 겪고 있는지 문제에 대해 물었고, 그리고 그분이 먼저 말하기 전에 제가 제안했습니다.

문제가 해결되었다고 믿었는데 늘 반복되는 상황들을 보면서 함께 일하는 선생님들과 이런 고민을 나눕니다.

---

5) 잘 묻고 답하기 : 우리가 하는 질문이 너무 문제에만 집중하고 있는 것은 아닐까요? 복지관에서 만나는 분들을 저희가 너무 약자라고 생각하고 있었던 것은 아닌지 반성합니다. 스스로 자기 삶의 주인이 되고, 문제를 해결하고자 하는 의지가 있을 때 비로소 변화가 만들어집니다. 잘 묻고 답해야 합니다. 문제를 물으면 문제가 되고, 해결을 고민하면 해결이 됩니다.

"지금 가지고 있는 어려움이 당장 생긴 일도 아니고, 늘 있었던 일인데, 그 문제에 집중하는 것이 도움이 될까?"

"어려움이 계속되어 왔는데도 여전히 살고 있다는 건, 그만큼 힘이 있다는 것이 아닐까?"

"문제에 휩싸여, 만나는 분이 가지고 있는 힘을 우리가 간과하고 있는 것은 아닐까?"

"정작 어려움을 겪는 것이 우리가 아닌데, 왜 우리만 마음을 동동 구르게 되는 것일까?"

고민 끝에 우리는 좀 다르게 질문해 보기로 했습니다.

그럼에도 불구하고, 우리가 만나는 분들이 여태껏 살아 내신 힘을 믿어 보기로 했습니다.

"어떻게 하면 좀 달라질 수 있을까요?"

"저라면 아마 금방 포기했을 텐데. 그동안 어떻게 포기하지 않고, 버티실 수 있었어요?"

묻는 것이 달라지니 만나는 분들의 대답 또한 달라집니다.

"사람을 만나면 돼요. 집에 있다가 안 좋은 생각이 들곤 하면 밖으로 나가요. 사람도 만나고, 파지도 줍고… 한 바퀴 도는 거예요. 그렇게 하면 기분이 나아져요."

"주변에 좋은 사람들이 많으니까요. 복지관도 도와주시고요. 또 모임에 나가면 좋은 사람들과 대화도 나누고 친해지고. 그래서 주변에 좋은 사람들이 많아서 씩씩하게 살고 있어요."

만나는 분들이 이전과는 다르게 느껴집니다.
제가 일방적으로 돕는 것이 아닌, 만나는 분의 힘으로 살 수 있다고 느껴집니다.

아직 익숙하지 않습니다. 질문을 하다가도 이 말이 맞는지 저 말이 맞는지 한참을 고민하고 망설입니다.
그렇지만 저 또한 힘든 이야기를 덜 하게 되어서 좋습니다. 문제를 가지고 우울한 이야기를 나눴던 때보다 좋습니다.

이야기를 나누는 것만으로 살아갈 힘이 나도록 희망을 이야기하고, 함께 천천히 속도를 내겠습니다.

– 사회복지사 박해나

함께할 사람이 필요합니다

몸이 아픈 아들과 고령의 아버지가 함께 생활하고 있는 가정이 있습니다.

어느 날부터 아들의 컨디션이 좋지 않아 아버지에게 병원에 가기를 권유 드렸는데 매번 "병원에 가 봤자 입원이 길어지는 것 외에 특별한 방법이 없다."며 한사코 거절을 하십니다.

아들이 조금 더 편하게 먹을 수 있게 죽을 만들고, 플라스틱 통에 소변을 볼 수 있게 돕고, 열이 오르면 옆에서 물수건을 꽉 짜서 이마 위에 조심스레 올려 주는 번거로움이 힘들 듯한데, 이상하게 병원은 계속 안 가겠다 고집하시네요.

근처에 볼일을 마치고, 아버님 집에 들렀습니다.
뜻밖의 방문이라 그런지 더 반갑게 맞아 주시네요.

집으로 들어가서 아드님을 뵈는데 매트리스 위에 누워 있는 아들이 안쓰럽고 또 걱정됩니다.

　혹시나 하는 마음으로 아버님께 다시 또 여쭙습니다.

"아버님, 병원에 한번 방문하시면 어떨까요?"
"병원에 가도 똑같아, 특별히 해 주는 것도 없고…."
"그래도 혹시 모르니… 병원에 가서 주사라도 한 대 맞으면 더 편안해질 수 있잖아요. 제가 같이 갈게요. 지금 구급차 불러서 같이 병원에 가요."

　아버님의 눈빛이 갑자기 또렷해지셨습니다. 한숨과 불안만 가득 차 있던 눈이 갑자기 결연한 의지가 생긴 눈으로 변하더니 "그래요. 부릅시다!"라고 외칩니다.

　병원에 가서 검사를 하고서야 아버님은 아들이 말라리아모기에 감염되어 열이 오르고 몸이 좋지 않았다는 사실을 알게 되었습니다.
　일주일 입원해서 치료받고 퇴원했습니다. 몸이 전과 같지는 않지만 매번 이유도 알지 모른 채 오르던 열은 이제 안정을 찾았습니다.

　아파서 고생하던 아들도, 아들의 간병으로 고생하던 아버님도 이제 조금 살만해졌습니다.
　아버님이 얘기합니다.

"그때 선생님 따라 병원에 가지 않았으면, 이유도 모른 채 아들 죽일 뻔했어요. 제가 이렇게 판단이 안 됩니다. 덕분입니다. 고맙습니다."

아버님은 왜 병원에 가지 않으셨을까요?
아버님은 왜 병원에 가겠다고 용기 내셨을까요?

무기력하고, 특별할 것 없는 매일의 일상에서 아버님이 조금은 지쳤을지도 모르겠습니다. 그래서 함께하는 누군가의 등쌀에 떠밀려 기운을 내고 싶었을지도 모르겠습니다.

함께하는 그 사람 덕분에, 조금은 더 힘을 얻게 되기를 바랍니다.

— 사회복지사 박해나

내가 ○○하는 이유

이유 없는 일은 없습니다.
제가 만나고 있는 ○○ 님이 씻지 않는 데에는 이유가 있습니다.

"너무 오래 안 씻어서 한 번에 씻어지지 않을 것 같아요."
"비누도, 샴푸도 많이 써야 하니까 안 할래요."
"수염이 너무 길어져서… 면도기로 한번에 밀 수가 없어요."

이유가 구구절절 많아도 상관없습니다.
제가 ○○ 님을 만나러 가는 데에도 이유가 있습니다.

"오지 마세요."

한 번도 그런 말 하지 않으셨으니 가야죠~~

"(제가 씻는다고 했는데 안 씻고 있으면) 좀 그렇잖아요."
"이렇게 오면 안 이상해요? 냄새도 나고 싫잖아요."

매번 저희를 신경 쓰고 걱정하는데
어떻게 가지 않을 수가 있겠습니까?

이제는 냄새가 조금 힘이 들기도 합니다.
오늘은 씻으셨을까? 종종은 기대하고 실망도 합니다.
그래도 잔소리 싫다고 저를 내치지 않으신다면
혹시나 하는 마음으로 부지런히 가겠습니다.
역시나 진심은 전해지는구나를 경험하게 되기를 바라면서요~~

이유 없는 일은 없습니다.
이유를 알아야 도울 수 있습니다.
이유를 들으러 계속 찾아가겠습니다.

그렇게 하다 보면
○○ 님이 씻어야 하는 이유도 찾게 될 겁니다.

― 사회복지사 김윤희

단 하나면 됩니다

주방 불 나간 지 오래라
손전등을 비추고 설거지하던 어르신이 있었습니다.
아이가 어두운 방에서 공부하는 게
마음 쓰이던 어머님이 있었고요.
열심히 일하고 돌아온 아빠가
깜깜한 계단을 올라오는 걸 걱정하던 아들도요.

목동라이온스클럽 이교영, 장현순 회장님은
LED등과 전동드라이버를 챙겼습니다.
드르륵드르륵- 오래된 나사를 풀어냅니다.

어둡지 않게, 밝고 밝게 사셨으면 하는 마음으로
새 등을 끼웁니다.
때때로 먼지가 어깨에 내려앉아도
두 회장님은 신경 쓰지 않습니다.
언제나 따뜻한 묵묵함으로 등을 갈아냅니다.

"등 하나 바꿨는데, 나도 괜스레 환해지네. 속이 다 시원해!"

등 하나 바꿔 드린 줄 알았는데,
장애인의 일상이 살맛납니다.
권익옹호팀은 장애인을 살맛나게 하는
단 하나를 같이 돕겠습니다.

양천해누리복지관과 두 회장님은
장애인의 마음에 불 켜러, 오늘도 갑니다.

"빛을 주면 어둠이 저절로 사라질 것이다."(데시데리우스 에라무스)

— 사회복지사 이하영

함께하면 가능해지는 일

사람들로 붐비는 이곳은 박수원(가명) 씨가 일하는 대한항공 본사 내 직원 식당입니다. 수원 씨는 2024년 4월부터 ㈜신세계푸드 정직원으로 일하고 있습니다.

고등학교 졸업 이후 기물세척, 바리스타, 사무보조 등 다양한 일을 했지만 4시간 계약직 경험이 전부였습니다. 이제 곧 30대가 되는 수원 씨가 조금 더 안정된 직장을 찾기를 바라는 마음은 너무 당연한 일, 수원 씨와 새로운 일자리를 알아보기로 했습니다.

① 지금까지 했던 일 중에서 가장 잘할 수 있는 일은 기물세척하는 일입니다.
② 이제는 비정규직이 아니고 정규직으로 8시간 일하고 싶습니다.
③ 이왕이면 대우가 좋은 대기업으로 도전해 보고 싶습니다.

안정적인 일자리를 찾기 위해 수원 씨와 일과 관련된 생각들을 정리했습니다. 그리고 이력서와 자기소개서도 쓰고, 면접 보는 연습도 여러 차례 했습니다.

"일을 못 구할 땐 불안해서 수면제를 처방받아야 겨우 잠에 들곤 했는데 이제는 집 가면 기절하는 제 모습이 너무 신기합니다. 하하 하!"

㈜신세계푸드의 어엿한 정직원이 된 수원 씨의 이야기입니다.

"정규직으로 바뀌고 급여도 많아지니 아들이 자신감이 생겼나 봐요. 이제는 저축하는데 재미도 붙여 얼른 돈을 모아 혼자 살 집을 구하고 싶다네요."

정직원이 된 아들의 모습을 자랑스러워하는 어머님의 이야기입니다.

누구나 수원 씨처럼 일할 수 있으면 얼마나 좋을까요?
일은 단순히 돈을 버는 것을 넘어 사회와 연결되는 중요한 수단입니다. 사람들과 관계하며 소통하고 소속감을 가질 때 우리는 우리의 존재 가치를 느낍니다.

장애가 있다는 것이 일할 수 없는 이유가 아님을 잘 압니다.
일하고 싶다고 누구에게나 기회가 오지 않는다는 것도 잘 압니다.
그러나 함께하면 조금 더 쉬워진다는 걸 더 잘 압니다.
그래서 함께합니다.

— 장애인재활상담사 윤지영

마음이 닿는다

시작점

90세가 넘으신 고령의 노모와 64세 지적장애인 영희(가명) 씨~~

영희 씨는 특별히 이용하는 서비스도 없고, 하루 대부분의 시간을 밖에서 배회하거나 집에서 시간을 보냅니다.

고령의 노모가 영희 씨를 돌보고 있지만 힘에 부칩니다.

"선생님~ 우리 영희가 어디라도 다녔으면 좋겠어~ 나이를 먹으니 내가 힘이 드네…!"

고령의 노모와 영희 씨의 안정적인 삶을 위해 23년 2월부터 사례활동을 시작했습니다. 영희 씨가 이용할 만한 서비스를 찾아보지만, 연령도 많고, 장애도 있어서 마땅한 서비스를 찾기가 어렵습니다.

"당장 어머니마저 계시지 않는다면, 영희 씨는 어떻게 되는 걸까…?"

담당자로서 여간 고민이 되는 일이 아닐 수 없습니다.
영희 씨 어머니에게 조심스럽게 묻습니다.

"어머니~ 혹시 어머니가 갑작스럽게 입원을 하거나 먼저 하늘나라로 가실 수도 있는데 그때 영희 씨가 어떻게 살게 되면 좋겠어요?"
"글쎄… 시설에나 가야지! 형제들이 돌볼 수 있는 상황도 아니고, 살아 있을 때까지는 내가 돌보고 그다음에는 시설 가야지."

시설에 가고 싶다고 무작정 갈 수 있는 것도 아닐 텐데….
90세 노모의 기대가 막연해서 걱정스럽고,
64세 영희 씨가 너무 밝아서 놀랍니다.
그리고 여전히 미래를 준비하기에는 현실이 막막해서 마음이 숙연합니다.

"어머니~ 활동지원 서비스라도 이용하는 게 어떨까요?"
"사람 오는 거 불편한데…."

영희 씨와 둘이 살았던 삶이 익숙해서 누군가 가정으로 방문하는
것도 싫다 하는 노모를 겨우 설득해서 활동지원 서비스를 신청하고
드디어 사람을 잇습니다.

영희 씨와 어머니의 식사를 챙기고, 집안일을 돌보고~~
사람이 이어지니 집에도 아주 조금 활기가 생깁니다.

"선생님~ 어머니가 제가 오면 방에서 편히 주무세요~ 마음이 조
금 편안해지신 모양이예요!"

활동지원사의 이야기를 듣고 있자니 마음이 먹먹합니다.
항상 영희 씨가 집에 있으면 식사를 챙기거나 청소를 해야 해서
깨어 계시는 시간이 많았는데 활동지원사가 가정으로 오면서 어머
님이 이제야 한시름 마음을 놓습니다.

나이가 들어도 자식 때문에 마음을 쉬이 놓을 수가 없는 것,
그게 엄마의 마음인가 봅니다.
어느 날, 활동지원사에게 급히 연락이 왔습니다.

"선생님~ 어머니가 계단에서 넘어지셔서 병원에 실려 가셨어요~

어머니 연세가 많으셔서 회복할 수 있을지 걱정이네요~"

활동지원사의 연락을 받고 영희 씨의 남동생과 통화를 했는데 어머니가 아무래도 병원에 오래 계시게 될 거 같다고 이야기를 하네요.

곧 올지도 모를 미래라고 생각했지만, 이렇게 갑작스럽게 어머니의 부재를 마주하게 될 줄 예상하지 못했습니다.

어머니의 갑작스러운 부재로 담당자도, 활동지원사도, 영희 씨도 분명 놀랐습니다. 걱정도 많이 했고요. 그러나 혼자 잠을 자는 것도 혼자 밥을 먹는 것도 익숙하지 않았던 영희 씨는 아주 조금씩 천천히 안정을 되찾아 갑니다.

2024년 2월, 영희 씨는 남동생이 있는 예산으로 이사를 갔습니다. 요양병원에 입원한 어머님은 결국 함께 가지 못했고요~~

새롭고 낯선 지역에서 영희 씨는 방황하겠지요?
그러나 처음 활동지원사를 만나 적응하던 영희 씨처럼,
갑작스럽게 입원하게 된 어머님의 부재에도 씩씩했던 영희 씨처럼, 예산에서도 느리지만 천천히 적응할 거라 믿습니다.

고령의 보호자, 그리고 중장년발달장애인 영희 씨를 만나면서 고민이 시작되었습니다.

우리 주변에 영희 씨가 참 많겠지요?

그들을 찾고 만나고, 더 늦기 전에 돕고 싶습니다.

"그래서 연리지 사업을 시작합니다."

연리지는 맞닿은 두 나무가 서로 연결되어 자라는 것을 뜻하는 말로, 고령의 보호자와 중장년발달장애인이 서로 함께 살고 있는 모습이 마치 이와 유사해 이름을 붙이게 되었습니다.

연리지 사업은 양천구청과 양천해누리복지관이 공동으로 진행하는 사업으로 양천구에 살고 있는 고령의 보호자와 중장년 발달장애인이 지역에서 건강하고 안정적인 삶을 살아갈 수 있도록 이웃동행단을 일대일 매칭하여 필요한 서비스를 받을 수 있도록 지원하고 돕는 사업입니다.

만남이 이어지다

"연리지 사업이 시작되고, 드디어 만남을 시작합니다."

구청에서 의뢰받은 가정 중에는 지역에서 서비스를 받고 있는 분들이 대부분이지만, 나이 50이 되도록 어떤 서비스도 이용해 본 경험없이 집에서 가족들과만 생활한 ○○ 씨도 있었습니다.

이웃동행단이 매칭되고, 한 달에 한 번 만남이 이루어집니다.
집 근처 식당에서 맛있는 밥 먹기, 공원 산책하기, 카페 가기… 하나도 특별할 것 없는 소소한 일상의 경험이지만, 모두 그 경험이 귀하고 소중하다 말합니다. 그리고 참여하는 분들의 표정이 밝습니다.

"아들이 지금보다는 더 많이 행복해지길 바랍니다."

"내가 몸이 아파서 데리고 나가기가 힘들었는데 우리 애랑 같이 밥도 먹고, 재미난 구경도 해 주고 고맙습니다."

"우리 애가 표정이 좋아졌어요. 선생님 감사합니다."

"이런 기회가 와서 너무 좋아요. 빨리 끝내지 말고 오래 해 주세요."

본인의 건강보다 여전히 자녀의 안위가 걱정되는 보호자들도 감사 인사를 전합니다. 그리고 아주 조금 걱정을 덜어냅니다.

얼마 전에는 연리지 가족들과 나들이도 다녀왔습니다.

서로 처음 만나 어색했을 법도 한데… 자식을 걱정하는 부모의 마음이 더 큰 탓인지, 마치 오랫동안 알고 지낸 사이처럼 서로 손을 붙잡고 한참을 이야기 나눕니다.

"지금은 센터를 다니고 있지만, 언제 서비스가 중단될지 염려가

됩니다."

"내 자식 어디 맡길 곳도 없고 나보다 먼저 하늘로 갔으면 좋겠어요!"

"우리 애가 정기적으로 다닐 수 있는 센터가 없을까요?"

"나 죽어도 나라가 우리 아이를 돌봐 줄까요?"

보호자들의 고민을 듣고 있으면 할 일이 아주 많습니다.

잘 표현하지 못하지만, 밖으로 나와 웃고 있는 발달장애인들을 만나면 여전히 지역의 몫이 많음을 생각합니다.

아직 갈 길이 멉니다.

오늘도 우리와 닿지 못한 연리지들을 만나러 갑니다.

그리고 연이 된 연리지들과 지역에서 행복한 이야기를 잘 만들어 가겠습니다.

당신이 벌써 그립습니다

2021년, 용진 씨를 처음 만났습니다.

꽤 오랫동안 시설에서 생활했는데, 불미스러운 일(!)로 결국 시설에서 쫓겨났습니다.

혼자 지하철을 타고 주변을 배회하는 것을 좋아했습니다.

정기적으로 낮에 이용할 수 있는 활동을 권했지만, 매번 싫다 했습니다. 종종 모르는 사람들에게 돈을 달라고 해서 곤란을 당한 일도 있었지만, 그래도 용진 씨는 혼자 잘 지냈습니다.

연리지사업을 시작하고, 용진 씨를 만나 다시 관계를 시작했습니다.

용진 씨는 일을 하고 싶다고 말했습니다.
복지관에서 진행하는 장애인 일자리를 해야 하는 데 당장은 자리가 없어 시작하지 못했습니다.

단조로운 일상, 일자리를 기다리는 동안에라도, 조금은 재미있는 일상을 더해 주고 싶었습니다.

그래서 이웃동행단을 매칭했습니다.
이웃동행단과 하고 싶은 활동을 정할 때 용진 씨가 갈비가 먹고 싶다고 말했습니다.

"갈비가 먹고 싶다면 우리 먹어야죠!"

첫 활동이 있는 날, 비가 오는 날이었는데 용진 씨는 밖에 나와 담당자와 이웃동행단을 기다리고 있었습니다. 용진 씨의 설레고 기대하는 마음이 표정과 행동에서 느껴졌습니다.
용진 씨가 좋아하는 갈비를 드디어 먹었습니다.

용진 씨가 얼마나 즐거워하면서 갈비를 뜯던지 보는 내내 흐뭇함을 감출 수가 없었습니다. 활동이 끝난 오후, 아버님이 전화를 하셔서 고마운 마음을 전하셨습니다.

"선생님~ 우리 용진이랑 같이 밥도 먹어 주고 시간 보내 주셔서 고맙습니다~"
"아버님, 제가 용진 씨 덕분에 맛있는 갈비를 먹었는걸요…."

용진 씨는 이웃동행단 활동을 시작으로 복지관 목공예 프로그램, 만남데이에도 참여했습니다. 조용하고 단조로웠던 일상에 별일이 생기면서 웃을 일도 많아졌습니다. 또 그만큼 말도 많아졌고요.
매일 복지관에 담당자를 찾아와서 일정을 확인하고, 또 묻고. 그것도 새로운 일상이 되었습니다.

9월, 더운 여름이 가고 쌀쌀한 바람이 가을을 알립니다.
오늘은 용진 씨와 이웃동행단 선생님이 함께 영화를 보러 가기로 한날, 늘 시간 맞춰 오던 용진 씨가 나타나지 않습니다. 아버님에게 연락을 드렸는데 볼일이 있어서 외부에 계신 상태였습니다.

한 번도 늦은 적이 없고 늘 먼저 시간을 확인하고 기대하던 용진 씨가 나오지 않은 게 하도 이상해서 집으로 찾아갔습니다.

외출 중인 아버님에게 비밀번호를 확인하고 집으로 들어가 보니 용진 씨가 이상합니다. 몸의 강직이 심했고, 숨소리가 가쁩니다. 급하게 119를 불렀고, 병원으로 이동했습니다.

병원에 간 용진 씨의 상태는 심각했습니다. 뇌출혈이 너무 심해 의식을 회복할 수 있을지 모르겠다 합니다. 급하게 가족들에게 연락을 하고, 용진 씨는 긴급하게 수술을 받았습니다. 그리고 중환자실에 입원하게 되었습니다.

입원한 지 2주가 채 되지 않은 어느 날 아버님께 연락이 왔습니다.

"선생님~ 우리 용진이 갔어요… 그동안 너무 고마웠어요~ 우리 용진이 복지관 다니면서 이제 재미 좀 느끼고 살 만하니까 이리 가네요. 마음이 아파요."

아버님께 어떤 말도 전할 수가 없었습니다.
그리고 못내 용진 씨의 마지막이 아쉬워서 눈물이 핑 돌았습니다.

조금 더 일찍 용진 씨와 친해질 수 있었더라면,
조금 더 즐거운 매일을 선물할 수 있었을까요?

매일이 참 귀하게 느껴집니다.
용진 씨와 함께했던 즐거움을 기억하며,
다른 누군가와도 더 늦어지기 전에 만나고
삶을 지원하겠습니다.

용진 씨! 하늘나라에서 잘 지내고 있어요?
용진 씨가 매일 일정을 확인하러 올 때 귀찮아한 적도 있어요.
너무 미안해요. 용진 씨와 더 많이 눈 마주치고, 이야기 나누지 못
한 게 못내 아쉽습니다.
갈비를 먹으면서 너무 좋아하던 표정을 잊을 수가 없습니다.
하늘나라에서는 그렇게 밝게 웃으면서 즐겁고 행복하세요.

"너무 고마웠어요~ 보고 싶습니다."

故 김용진 님, 삼가 고인의 명복을 빕니다.

− 사회복지사 고은실

옹호를 위해 우리가 해야 하는 일

　지역에서 살아가는 발달장애인과 만나다 보면 안타깝고 슬픈 사연과 자주 마주합니다. 다른 사람들의 말을 잘 이해하지 못해서 사기를 당하기도 하고, 좋아했던 사람들에게 배신을 당하기도 하고….

　살면서 누구나 겪을 수 있는 일이지만, 이들의 사연이 더 안타까운 건, 대부분은 본인이 누군가에게 이용을 당했다는 사실마저도 잘 알지 못하는 탓입니다.

　옹해야 사업을 고민하게 된 것도 이런 이유입니다.
　발달장애인이 인권에 대해 바로 알고, 내가 알게 된 것에 대해 한

번 더 말하면서 스스로 자기를 옹호할 수 있기를 간절히 바랐습니다. 그리고 주변 사람들에게 이들의 피해를 알리고, 누군가는 이들을 옹호해 주기를 바랐습니다.

인권 피해의 경험이 있는 발달장애인들이 만나 함께 자기의 이야기를 나누고, 다시 피해를 입지 않기 위해 공부하고, 자기 옹호를 위해 해 나가는 움직임, 그것이 바로 옹해야입니다.

우리의 첫 만남은…

당연히 어색했죠! 처음 만난 사람도 있고… 가끔 얼굴을 본 적은 있지만 데면데면한 사람도 있고… 동갑인 사람도, 나이 차이가 많이 나는 사람도 있고… 처음은 꾱장히 힘들었네요.

자기소개도 어색하게 나눠 보고, 빙고게임도 같이해 보고….
소소한 질문들도 나누며 친해지기 위해 여러 가지 노력을 했습니다. 하하~~

친해져야 자기 이야기를 할 수 있는 것이니까요.

우리는 매주 만났고, 그렇게 조금씩 자기 이야기를 나눴고, 그렇게 만나는 시간만큼 서서히 함께 웃는 사이가 되었습니다.

권리 알기…

자기 옹호를 위해서 우리는 먼저 잘 알아야 했습니다. 내 권리가 무엇인지, 피해를 당하지 않기 위해 우리가 무엇을 해야 하는지 스스로를 지키는 방법을 배워야 했죠~~

발달장애인은 표현이 서툴고, 이해하는 것이 조금 어렵습니다. 강사 선생님의 도움으로 그림책이라는 소재를 사용하여 매주 책을 읽고 관련된 이야기를 나누면서 인권에 대해 배워 갔습니다.

그리고 시간이 흐르면서 천천히 자기 이야기를 시작했습니다. 장애 때문에 가족들에게 무시를 당했던 일, 친한 지인에게 돈을 뺏기고 이용당했던 일, 페이스북을 통해 만난 사람에게 상처 입었던 일….

아프고 슬펐던 경험을 나눌 수 있었고, 서로의 아픔을 위로하기도 했습니다.

이 시간을 통해 우리는 지난 삶을 돌아보며, 상처받은 마음을 돌보고 주변의 중요한 사람들을 깨닫기 시작했습니다.

우리의 목소리를 내는 일…

공부한 내용을 스스로 다시 이야기하는 과정이 필요했습니다.

살면서 내가 겪었던 인권의 피해 경험들, 그렇게 나를 힘들게 하고, 속상하게 했던 이야기들을 다시 꺼내 놓으며, 다시 그 피해를 입지 않기 위해 우리는 용기를 냈습니다.

직접 우리의 이야기를 담아 시나리오를 작성했고, 그림도 직접 그렸습니다. 각자의 일정으로 바쁜 와중에도 약속을 잡고 틈틈이 시간을 내어 말하기 연습도 했습니다.

서툴지만, 천천히 우리의 이야기는 그렇게 완성했습니다.

그리고 카메라 앞에서 우리가 알게 된 권리, 믿는 바에 대해 스스로에게, 주변 사람들에게 말하기 시작했습니다.

"그냥 좋은 사람인 줄 알았어요. 저는 친구가 되고 싶었어요."

"내 개인정보를 다른 사람에게 절대 알려 줘선 안 돼요. 특히 공인인증서, 전화번호 모두 다 중요해요."

"모르거나 궁금한 게 생기면 주변 사람에게 물어봐야 해요. 가족? 활동지원사? 복지관 선생님? 가장 중요한 사람과 의논해야 해요."

우리가 직접 배우고, 전하고 싶은 말을 적어 보고, 한 자 한 자 스스로 직접 이야기하는 모든 과정이 참 좋았습니다.

우리는 앞으로도 피해를 경험할지도 모릅니다.

그러나 살면서 겪었던 이야기를 함께 나누고, 공감하고 위로하고 격려했던 시간들, 그리고 카메라를 보고, 프롬프터를 읽고, 떨리고 긴장되었던 모든 순간들이 더해져 아주 조금은 더 스스로를 지켜낼 수 있는 힘을 얻었다 믿습니다.

그래서 옹해야의 모든 과정이 우리에게 의미가 있었습니다.

우리의 이야기(영상 공유회) …

함께 찍은 영상이 완성되고, 우리는 공유회를 준비했습니다.
열심히 노력했으니, 우리가 만든 영상을 자랑도 해야죠~~

직접 사회도 보고, 함께 만든 영상을 시청하고, 인권에 대해 관객들과 이야기를 나누는 시간도 가졌습니다.

"열심히 번 돈 내가 지켜요!"
"우리는 모두 소중해요."
"나도 행복한 연애를 하고 싶어요!"

사람들 앞에 서니 긴장되고, 쑥스럽기도 했지만.
우리는 아주 잘 해냈습니다!
일 년 동안 배웠던 인권, 전하고 싶었던 메시지, 참여했던 소감 등을 나누며 우리의 목소리를 내니 힘이 나는 것 같았습니다.

함께 울고 웃었던 옹해야 마무리(후기) …

모든 사업이 마무리되고, 우리는 서로에게 감사했던 일 년을 마무리하는 시간을 가졌습니다.

첫 만남은 어색했는데, 마무리할 시간이 되니 아쉬움이 가득입니다.

옹해야 하면서 각자 어땠는지 소감을 나누었습니다.

"서로의 이름… 나이도 몰랐어요. 처음에는 제가 소극적인데 잘 어울릴 수 있을까? 라는 생각이 들었어요. 그런데 만나다 보니까 안녕이라는 소소한 인사를 하면서 일상적인 대화를 하고… 상처받은 이야기도 서로 이해해 주며 힘들었던 것을 스스럼없이 이야기하니깐… 좋았어요. 그리고 우리가 만든 영상을 공유회에서 보는 사람들이 비판하지 않고 박수로 응원해 주어서 너무 감사했고. 힘이 났어요. 같이 참여한 ○○이가 사람들에게 항상 인사를 하고, 나도 따라 해 보고. 내가 인사해도 잘 받아 주는구나 라는 걸 배울 수 있어서 자신감이 생겼어요."

한 참여자분의 이야기가 일 년간의 시간을 잘 정리해 주었습니다. 들어 보니 옹해야 시작하길 잘 했다 싶습니다.

지금 와서 보니 옹해야를 하면서 읽었던 수많은 그림책과 우리가 참 많이 닮았습니다.

— 사회복지사 박해나

옹해야(옹호를 위해 우리가 해야 하는 일)는 서울사회복지공동모금회 지원으로 2023년 양천해누리복지관에서 진행된 사업으로 (학대, 경제, 성 등) 인권피해 경험이 있는 발달장애인들이 모여 교육을 듣고, 서로의 경험을 이야기하면서 인권을 바로 알고, 유튜브를 제작하는 과정을 통해 직접 배운 내용을 말하면서 더 올곧게 스스로의 인권을 지킬 수 있도록 돕는 사업입니다.

2024년에도 옹해야는 복지관 사업으로 편입되어 발달장애인들과 인권이 얼마나 소중한지를 말하고, 일상에서 느끼고, 생각하는 감정을 표현하는 작은 일에서부터 서로의 경계를 존중해야 할 필요를 나누고 인권을 지킬 수 있도록 배움을 함께하고 있습니다.

** 옹해야를 통해 제작된 영상은 유튜브에서 확인할 수 있습니다.

[열심히 번 돈은 내가 지켜요]
- 잘못된 계약, 사기 등으로 인권침해를 경험했던 발달장애인의 이야기
- 이상한 문자 클릭 방지, 개인정보 비공개 등 스스로를 지키기 위한 방법 전달

[우리는 모두 소중해요]
- 가정, 시설 등 신체적/정서적 학대를 경험했던 발달장애인의 이야기
- 내가 도움을 청할 수 있는 사람 알기, 사회도 우리에게 관심을 가져야 한다는 메시지 전달

[나도 행복한 연애를 하고 싶어요]
- 랜덤채팅 사용, 그루밍 성범죄 피해 등을 경험했던 발달장애인의 이야기
- 스마트폰으로 모르는 사람들과 연락하는 것, 가해자들에게 우리를 이용하면 안 된다는 메시지 전달

2. 사람을 잇는다

우리 맛(만)나는 사이, 우리여서 가능해진 일

관계를 맺다

　관계 : 관계란 둘 이상의 사람이 서로 관련을 맺거나 관련이 있음을 의미함. 사람들은 관계를 맺고 지내며 그러한 관계 속에서 어울려 살아가며 지냄.

　신체적, 정서적 어려움을 겪는 장애인들은
이웃 및 주변 사람들과 관계할 일이 많지 않습니다.

2023년 2월, 외부 활동이 거의 없는 장애인과 주변 이웃이 요리를 매개로 함께 만났습니다.

한 달에 두 번, 동네에 작은 교회에서 만나 메뉴도 정하고 직접 요리도 만들고, 밥 한 끼를 나눕니다. 매일 먹는 밥인데, 혼자 먹지 않아 좋고, 자연스럽게 일상을 이야기하니 분위기도 따뜻합니다.

처음에는 당연히 어색했죠~~
집에서 밥도 제대로 해먹은 적 없었던 터라 칼질도 서툴렀고요.

시간은 거짓이 없습니다.
함께 지내온 만큼 요리 실력도, 관계도 단단해졌습니다.

"아니 춘환이는 고기를 더 좋아해요. 그니까 그 자리에 고기를 더 놔주세요."
"저 형님은 나물을 좋아해요."

서로의 취향에 대해서 자연스럽게 알게 되었습니다.

농담도 나누고, 웃을 일도 많아졌습니다. 관계가 생기니 자꾸만 집에 있는 과일도 음료도 나누고 싶어집니다.

"맨날 혼자 먹다가 이렇게 나와서 같이 먹어 더 맛있어요."
"계속 오래 이렇게 보고 싶어요."
"같이 먹으니 시끌벅적해서 좋네요."

우리 맛(만)나는 사이가 참여자들에게 단순한 활동 참여가 아님을 느낍니다. 사람과 사람이 만나 관계하고, 이웃이 되어 가는 과정은 참 아름답습니다.

요리할 때에는 조용한 이유

우리 맛나는 사이를 할 때마다 궁금했습니다. 정이 쌓이고, 활동이 없는 날은 연락해서 서로 만나는 사이가 되었는데… 왜 요리만 시작하면 아무도 말을 하지 않고, 조용해지는 걸까?

각자 맡은 재료를 손질하며 이야기를 나눌 법도 한데 이상하게 말이 없습니다. 질문을 하고, 서로 도움을 필요로 할 때도 아주 짧게 이야기하고 맙니다.

"도대체 왜들 이러시는 거예요?"

결국 궁금함을 참지 못한 제가 물었습니다.

"국춘환 님, 평소에는 말씀도 많잖아요. 왜 우리 요리할 때만 되면 말씀이 없으신 거예요? 이제 우리 어색한 시기는 지났잖아요~"
"요리할 때에는 침이 튈 수도 있으니까 서로 조심해야죠~ 말하고 싶어도 참아야지요."
"나만 먹는 것도 아니고 다른 사람들과 같이 먹는 건데 더 신경써야지요."

옆에 있는 송백찬 님도 덧붙여 말합니다.

생각해 보니 국춘환 님은 활동마다 항상 마스크를 쓰고 왔습니다. 다른 참여자들도 요리를 할 때에는 말을 더욱 아꼈습니다.

자연스럽게 활동을 하다 보니 알아지는 것들이 있습니다. 일상에서 지켜야 하는 예의, 자연스럽게 하다 보면 몸에 익고 비로소 내 것이 됨을 느낍니다.

요리할 때 조용히 해야지요~~ 저도 오늘 또, 배웁니다.

관계도 배워야 합니다

국춘환 님은 종종 우리 맛나는 사이 참여자들과 나눠 먹으려고 음료를 사옵니다. 어느 날은 박카스를 사와 같이 활동을 하는 박미경 님 앞에 무심히 내려놓습니다.

"이거 드세요. 이거 제일 좋아하시잖아요."

박미경 님이 우리 맛나는 사이 활동을 하면서 지나가는 말로 박카스를 제일 좋아한다는 말을 했던 적이 있습니다. 그 말을 기억하고 박카스를 건네는 국춘환 님이 새롭습니다.

우리 맛나는 사이를 참여하기 전, 국춘환 님은 남들에게 돈을 잘 쓰지 않는 사람이었습니다. 하지만 시간이 지나고 관계가 쌓이다 보니 자연스럽게 내 것을 나눕니다.

관계가 생기니 내 것을 나누고 싶어지는 것,
참 자연스러운 일입니다.
관계도 결국 배워야 합니다.
자주 만날 수 있는 기회가 필요합니다.

― 사회복지사 송용남

우리 맛(만)나는 사이의 처음은 밑반찬 나눔이었습니다.

외부에서 후원받은 도시락과 복지관에서 만든 밑반찬을 지역에 혼자 살고 있는 장애인 가정에 오랫동안 나눔을 하였습니다.

혼자 살고, 요리도 직접 하기 어려운 장애인 가정에 반찬은 꼭 필요한데 조금은 즐겁게, 그리고 같이할 수 있는 방법은 없을까 하는 고민이 우리 맛나는 사이의 시작입니다.

반찬이 필요하니 구실은 무조건 요리입니다~

혼자서 요리해 본 적도 없고, 직접 하기 어려우니 옆에서 거들 사람들이 있어야겠다. 그것이 지역의 이웃과 함께한 이유입니다.

반찬도 생겼는데 집에 가서 혼자 먹는 것보다는 같이 먹으면 밥맛도 꿀맛이 되겠죠~~ 그래서 요리 다 끝나면 밥 한 끼 함께합니다.

어차피 만든 반찬인데, 우리 그동안 맨날 받기만 했으니 지역의 혼자 살고 있는 장애인 가정에 우리가 만든 음식 같이 나누면 더할나위 없을 것 같아요… 복지관 밑반찬 나눔이 지역에서 이루어지기 시작합니다.

일상의 자연스러운 만남을 통해 밥맛이 나고 살맛이 납니다.

우리 맛나는 사이를 통해 만나게 된 인연은 쭉 이어지고 있습니다. 만나면서 관계를 배우고, 지켜야 할 예의를 배우고, 더불어 살아가는 기쁨을 느낍니다. 앞으로도 우리는 더 만나야 하겠지요?

장도 보고, 얼굴도 보고

장보고 첫날입니다.

김○○ 님이 동네에서 잘 살기 위해선 이웃이 필요합니다. 그런데 이웃을 만나고 싶지 않다고 합니다. 밖에 나가는 것도 귀찮습니다. 집에서 혼자 소주를 마시는 게 하루의 일과가 되었습니다. 그런 김○○ 님이 좋아하는 게 있다면, 활동지원사와 시장에 가는 것입니다.

'시장', 시장은 어떤 곳인가요? 과일, 채소, 생선, 여러 신선한 식재료와 생활에 필요한 용품을 파는 곳이지요. 시장에 가서 장을 본다는 건 누구나 필요합니다. 그리고 특별할 게 없는 평범한 일상이기도 합니다. 그래서 우리는 시장에서 만나기로 했습니다.

이왕이면 혼자보단 둘이, 둘보단 셋이 장을 봐야 더 재밌습니다. 어떤 감자가 더 실한지 집어 주고, 요새 제철인 냉이로 된장국 끓이는 법을 알려 주며, 또 양파를 필요한 만큼 나누다 보면 어느새 이웃하는 이웃이 될 거라 생각했습니다. 이웃이 되면, 사는 낙도 되리라 기대하면서요.

"상부상조! 서로서로 도와가며 해야죠. 친목도 다지고 위로도 하면서…." _김○○
"퇴원한 지 얼마 안 되어서, 이제 이것저것 새로운 시도를 해 보고 싶어요." _최○○
"일 갔다 오면 할 게 없어요. 심심하죠. 사람들과 얘기하면서 재밌게 만나고 싶어요." _석○○
"친구들 만나고 싶어요. 어울려서 차도 마시고 장도 볼래요." _이○○
"기대되네요. 물가가 비싼데 여럿이 장보면 좋죠." _정○○

그렇게 장보고 회원을 모집했고, 마음이 통한 5명의 신월동 이웃이 모였습니다. 물론 김○○ 님도 함께입니다. 김○○ 님을 생각하며 장보고를 만들었다고 말했기 때문이지요. 태연한 듯해 보여도 신청서를 쓰는 김○○ 님의 모습에서 쑥스러움이 느껴집니다. 복지관 홈페이지를 보고, 신월5동 주민센터 주무관의 안내로, 프리웰 선생님이 알려 줘서, 그렇게 우리의 인연이 시작되었습니다.

오늘, 장보고 회원이 처음으로 만납니다. 신월동에 있는 카페 에클에서요. 운전을 하고 있지만 회원들이 잘 찾아오고 있을지, 혹여나 안 가겠다고 마음먹은 건 아닐지 내내 조마조마합니다.

약속한 시간보다 일찍 도착했는데 김○○ 님과 활동지원사 그리고 정○○ 님이 와 있었습니다. 어떻게 서로를 알아보았을까요? 30분이나 먼저 와서 이야기를 나누고 있었다고 합니다. 곧이어 석○○ 님도, 다른 회원들도 시간 맞춰 들어옵니다. 중요한 날에는 늦지 않지요. 장보고 첫 모임 날이니 다들 서둘러 나오셨나 봅니다.

다시 한 번, 장보고 첫날입니다.

— 사회복지사 이하영

신영시장

신영시장, 양천구에서 제일 큰 시장답게 볼거리가 많습니다.

"꽈배기 하나 먹을까요?"

갓 튀겨진 꽈배기라 아주 뜨겁고, 아주 맛있습니다. 한입 맛본 김
○○ 님은 심봉사가 꽈배기를 먹고 눈을 뜬 거였다며 농담도 놓치
지 않습니다. 제철을 맞아 산더미처럼 쌓여 있는 마늘을 슬쩍 들춰
보고, 즉석에서 내려주는 신선한 칡즙도 구경했다가, 석○○ 님이
애용하는 단골 신발가게도 소개받았습니다. 시장에서 한참을 돌아
다니니 배가 고파집니다.

"안 선생님(활동지원사)이 시장 떡볶이가 맛있다고 하시네요. 드
시고 가실래요?"

김○○ 님이 떡볶이를 먹고 가자고 합니다. 떡순튀 세트를 시키고
나란히 자리에 앉았습니다. 아무리 봐도 회원 세 분이 닮았습니다.

사진을 찍자고 하니, 삼형제는 나무꼬지에 떡볶이와 순대를 찔러 카메라에 보여 줍니다. 표정은 근엄하나, 왜인지 귀엽게 보입니다.

"집에 있으면 동생 생각이 많이 나서 힘들었어요. 오늘 이렇게 나와서 시장 구경하고, 떡볶이도 오순도순 나눠 먹고, 형님이 좋은 말씀도 해 주시니 힘이 납니다."

무슨 말인가 싶었는데, 시장을 걸으며 김○○ 님이 동생 이야기를 꺼내었나 봅니다. 정○○ 님은 위로를 건네었겠지요.

"그래요, 그렇게 하루하루 살아가면 되는 거예요."
"예, 형님. 맞습니다. 하늘에서 동생이 지켜보고 있을 테니 열심히 살아야겠지요."

석○○ 님은 떡볶이집 벽에 달려 있는 TV 속 화면을 조용히 응시합니다. 관심 없어 보여도 다 듣고 있겠지요. 아무 말 없이 들어주는 것. 그것 또한 석○○ 님의 위로 방법일 겁니다.

신영시장 입구로 돌아왔습니다. 회원들은 집 가는 방향이 같으니 같이 가겠다고 합니다. 올 땐 회원들이 따로 왔지만, 갈 땐 어느새 하나가 되어 함께 갑니다. 그렇게 인사를 나누고 헤어졌습니다.

— 사회복지사 이하영

이마트 신월점

　김○○ 님이 처음 뵙는 분과 함께 이마트로 들어옵니다. 최근 김○○ 님과 알고 지내게 된 함○○ 님이라고 합니다. 함○○ 님은 김○○ 님을 좋게 봤다며, 호감이 있다고 말합니다. 김○○ 님의 함○○ 님께 장보고 모임을 권유했고, 그렇게 한번 나와 보았다고 합니다. 김○○ 님에게 장보고 모임이 널리 널리 자랑하고 싶은 모임인가 봅니다. 사회복지사에게 물어보지 않아도 새로운 사람을 부르고, 초대해도 되는, '주민이 주인 되는 모임'이지요.

　마트 한가운데에서 자기소개를 나누었습니다. 새로운 회원이 한명 왔다고 장보고가 북적입니다. 이것저것 마트를 구경하다가 수산물 코너에서 장보고 회원을 마주치면 반갑고, 또 돌아다니다가 과일 코너에서 장보고 회원을 만나니 재밌습니다.

오리고기 시식을 하고 있습니다. 회원들도 오리고기 한 점씩 맛을 봅니다. 담백하니 맛이 좋습니다. 할인 행사도 하고 있고, 더군다나 1인분씩 세 개로 소분되어 장보고 회원끼리 나누기 괜찮아 보였습니다.

"석○○ 님~ 저 혼자 살아서 오리고기 한 팩만 필요한데! 나누실래요?"
"하영 선생님 가족이랑 같이 산다면서요?"
"아…."

들켰습니다. 제 가정사를 언제 말했는지 모르겠습니다. 머쓱해하는 저를 보면서 석○○ 님은 박장대소합니다.

"그만큼 석○○ 님과 나누고 싶다는 마음인 거죠!"

"그래요~ 나눠 삽시다."

"김○○ 님도 같이 사실래요?"

"좋아요~"

김○○ 님도 오리고기 나누기에 동참했습니다. 안 선생님(활동지원사)이 냉장고에 숙주나물이 있으니 같이 넣어 달달 볶아 먹으라고 조리법도 알려 줍니다.

장을 다 보고 이마트 앞에서 다시 모였습니다. 오리고기는 한 팩씩 나눴습니다. 삼천 원에 각자 딱 필요한 만큼씩 갖게 되었습니다. 나누는 과정도 재밌었는지, 다들 흡족한 표정입니다.

김○○ 님은 다음 만남은 시장으로 하자고 합니다. 다 같이 떡볶이도 먹고, 순대도 먹자고 말합니다.

새로운 회원 함○○ 님도 날이 좋으니 시장 가기 전에 서서울호수공원에서 모여 이야기를 나누자고 말을 보탭니다. 집 근처니까 공원 명당자리를 미리 맡아 놓겠다고 합니다. 그렇게 장보고 모임은 '자연스럽게' 다음 만남을 약속하고, 기대합니다.

"또 뵙시다!"

- 사회복지사 이하영

음식 냄새 나는 날

요리 재료 사러 장보고 회원들이 모였습니다. 요리를 만들기 위해 그렇게 재료가 많이 필요한지 몰랐습니다. 김치, 계란, 소면, 간장, 쌈장, 참기름, 참깨, 양배추, 쪽파, 김가루, 커피믹스, 삼겹살….

담당자가 요리에 일가견이 없다는 걸 익히 알고 있는 회원들은, 묻지도 않습니다. 누구 도움 없이 혼자서 살아 내다 보니 요리쯤은 척척 해내게 된 장보고 회원들이기에 알아서 카트가 채워집니다.

"김치 이 정도면 충분하려나? 많아 보여?"
"괜찮지~ 볶음밥도 하고, 수육에 싸 먹으려면 그 정도는 사야 해."
"국수도 사야지. 간장은 어딨지? 참기름은?"

장보고 회원들의 기분 좋은 어수선함이 신월동 이마트를 채웁니다. 김치는 얼마큼 사야 하는지, 국수 코너는 어디에 있는지, 빠트린 건 없는지 여러 목소리가 얽히고설킵니다. 소란스럽고 정신없는 장보기지만, 확실한 건 장보고 회원들은 설레고 있습니다.

요리하기로 한 당일이 되었습니다. 장보고 회원들은 콜라 한잔 시원하게 마시더니, 분주하게 움직이기 시작합니다. 정○○ 님은 자리를 깔고 앉아 쪽파를 총총 썰고, 함○○ 님은 수육 삶을 준비를 합니다. 석○○ 님도 어느새 동참해 김치를 썹니다.

김치볶음밥 담당, 쪽파썰기 담당, 국수 비비기 담당, 수육 삶기 담당. 누가 뭐 하셔라 정해 준 것도 아닌데, 자연스럽게 각자 요리 하

나씩 맡아 합니다. 물론 요리사의 마음에 따라 간장국수가 김치국수로 바뀌고, 김치볶음밥보다는 김치밥에 가까워지긴 하지만요.

장보고 모임에서 요리하는 건 처음입니다. 하지만, 늘 같이 요리하던 사람들처럼 익숙했습니다. 김치가 탄다며 식용유를 둘러주고, 국수 참참 비빌 때 옆에서 쪽파 넣어 주며 거들어 줍니다. 요리하는 거 봐 가면서 다음 요리를 준비하는 노련함도 있습니다.

알배추를 씻고, 쌈장을 덜어내고. 상차림도 일사천리입니다. 누가 해 주는 게 아니라, '우리가 하는 요리'이기에 모두가 팔 걷어붙이고 열심입니다. 수육 삶는 구수함과 매콤한 김치 냄새가 퍼지니, 사람 사는 정겨움도 집에 스며듭니다.

장보고의 첫 요리는 이렇게 완성되었습니다. 김치볶음밥과 쪽파 간장국수, 김 그리고 수육. 언뜻 보면 의심스러운 조합입니다. 그런데, 막상 차려 놓으니 너무나 근사합니다. 이 요리들처럼 장보고 회원들도 처음 만났을 땐 잘 어울릴 수 있을지 고민했습니다.

장보고 회원 모두가 다르고 제각각이지만, 서로의 아픈 마음을 읽어 주고, 외로움을 달래 주고, 사정을 배려하고 존중하면서 만났습니다. 그렇게 어느새 우리만의 태극기를 만들었습니다. 조화롭고 평화로운 태극기를요.

"우리가 이제 장 보는 건 전문이잖아요? 같이 장보고, 요리도 종종 할까요?"

"맞아요, 태극기 재밌네요. 재밌는 주제 나오면 우리 또 해 봐요."

장보고 회원들에게 요리하는 설렘을, 이웃과 함께 사는 낙을 선물해 주셔서 고맙습니다.

– 사회복지사 이하영

물어봐 주세요

26p 사람들은 어린이에게 꿈을 물었다. 하지만 혜정이에게는 묻지 않았다.

82p 혜정이와 함께 살아간다는 것은 말 그대로 '살아간다는' 것이었다. 혜정이에게 필요한 것은 자유롭고 인간다운 삶이었다. 그렇다면 삶을 삶으로 만드는 것을 무엇일까. 시작은 일상이라고 생각했다. 혜정이에게 일상을 유지하기 위해 필요한 순간순간의 일들을 무조건 강요하고 싶지 않았다. 이유를 알지 못하고 따르는 생활이 끝났다는 것을 혜정이가 느끼기를 바랐다. 내가 오랜 시간을 통해 '나의 패턴'을 찾았듯이 혜정이 역시 이제부터라도 자신의 패턴을 스스로 찾아갈 것이었다.

_장혜영 〈어른이 되면〉 중에서

발달장애인에게 꿈을 물었습니다. 꿈이 뭐냐니! 물으면서도 자신이 없었습니다. 대답이 없었습니다. 모르겠다고 합니다.
다시 물었습니다.

"꿈이 뭐예요?"

천천히 써도 된다고, 더 오래 걸려도 된다고 일러주었습니다.
한참을 생각하고 또 고민하다가 꿈을 적습니다. 그리곤 자신의
목소리로, 자신의 꿈을 말하기 시작합니다.

"청소 업체 사장이 되고 싶어요."
"자전거 대회에서 우승할래요."
"바다에 가서 예쁜 원피스를 입을래요."
"휴대폰 기기값 할부금 다 내는 거요!"
"면접 보는 거…."
"지금은 카페에서 설거지해요. 저도 커피 뽑고 싶어요."

고개를 푹 숙이며 유달리 더 고민하던 ○○ 씨도 나지막이 말합니다.

"일본 여행… 가고 싶어요."

발달장애인에게 꿈을 물어봐 주세요.

꿈이 궁금하다고 해 주세요.

조금은 느려도, 시간이 걸리더라도,

말할 수 있습니다. 꿈이 있습니다.

발달장애인이 스스로 말한 꿈들은,

이들의 삶을 삶으로 만들 겁니다.

오늘 하루를 잘 살아 낼 힘이 되게 할 겁니다.

― 사회복지사 이하영

우리들의 시민옹호

이제는 같이 모인 것만으로도 재밌습니다. 얼굴만 봐도 즐겁고, 함께 있는 시간이 편합니다.

"저에게 ○○이는 동네 동생이에요. 퇴근하고 추리닝 차림에 만나서 새벽까지 만화책 보며 노는 사이죠. 저희는 계속 이렇게 만날 거예요."

"만나면 만날수록 정이 들어가요. ○○ 씨의 삶을 격하게 응원해 주고 싶어요."

"형이라고 절 많이 따르고, 더 다가오는 모습을 보면서 '우리가 잘 지내왔구나, 잘 만나왔구나.' 하는 생각이 들었어요."

시민옹호인이 전해 준 말입니다.

'잘 만나왔구나.' 이 말로 시민옹호를 표현할 수 있지 않을까요? 어색하던 첫 만남이 생생한데, 이제는 누가 뭐래도 형이고, 언니이자, 친구입니다. 발달장애인은 당연하지만 당연하지 않았던 것들을 누릴 수 있게 되었고, 시민옹호인은 발달장애인의 일상을 옹호할 수 있는 든든한 편이 되었습니다.

한 사람의 시민으로서 온전한 권리와 대우를 누릴 수 있도록, 평범한 보통의 매일을 살아 낼 수 있도록, 시민옹호는 계속해서 발달장애인의 일상을 '옹호'하겠습니다.

매일매일, 순간순간의 선택들에 '함께'하겠습니다.

― 사회복지사 이하영

추석이 기다려지는 이유, '이웃이 오니까요'

추석을 한 주 앞두고 있습니다. 추석은 어떤 날인가요?

'더도 말고 덜도 말고 한가위만 같아라.'라는 속담처럼 가을에 무르익은 곡식을 수확하고 풍년을 기원하는, 1년 중 가장 풍성하고 넉넉한 날입니다.

무엇보다, 추석이 기다려지고 즐거운 이유는 '함께하는 이'가 있기 때문입니다. 달빛이 유난히 좋은 추석에 가족이 모여서 맛있는 음식을 만들어 먹으며 긴 연휴를 보냅니다. 단무지와 햄, 버섯을 꼬지에 꽂아 계란물에 부치고, 다른 한편에선 둥글게 둘러앉아 송편을 빚지요. 이렇듯 추석은, 가족과 친지들의 왁자지껄한 소리와 음식 냄새에 절로 사람 사는 맛이 나는 시간입니다.

 하지만, 모든 이에게 명절은 즐겁지 않습니다. 가족이나 친지와 함께하지 못하는 장애인 가정의 명절은, 외롭고 고달픈 날이 되곤 합니다. 그래서 권익옹호팀은 '함께하는 이'를 찾았습니다.
 명절 선물을 마련해 줄 이를 찾고, 장애인 가정에 찾아가 따뜻한 인사를 전할 이를 모았습니다. 마음이 담긴 명절 선물과 이웃의 방문 그리고 인사는 명절이 외로운 장애인 가정에 조심스런 위로와 정(情)을 전해 줄 테지요.

 9월 7일 토요일, 주말을 반납하고 양천구 이웃들이 복지관에 모였습니다. 추석이 왔음을 장애인 100가정에 전하기 위해서죠. 9월이지만 아직은 날이 덥습니다. 명절 선물을 배달하는 이웃의 이마에는 땀이 맺힙니다. 복잡한 골목 사이를 다니고, 주소 하나에 의지

해 길을 찾다 보니 다리도 아파 옵니다.

하지만 왜인지, 얼굴에는 미소가 선명합니다. 장애인 가정은 복지관에서 준비한 선물보다, 이웃의 방문이 더 귀하고 반가우셨을 겁니다. 덕분에 외롭지 않고, 마음 넉넉한 추석 명절이 되었습니다.

따뜻한 손길을, 가벼운 발걸음을 뻗어 주셔서 감사합니다.

— 사회복지사 이하영

3. 다정한 마을을 꿈꾸다

결심

설날입니다. 결심하기에 이보다 좋은 날은 없지요.

신월동 이웃들도 한데 모여, 마음을 정했습니다.

까만 먹물을 꾹꾹 묻혀 화선지에 그 마음을 적어 내려갔습니다.

또, 한솥밥 먹는 한동네 사람들끼리 모이니, 이런저런 말도 많아

집니다. 재밌습니다.

"건강하고 긍정적인 삶을 살자."

"행복한 생각만 갖자."

"겸손하며 사랑하자."

"믿음!"

물론, 결심대로 살지 못할 수 있습니다.

하루를 우울한 기분으로 보낼 수 있고, 겸손하기보다는 교만할 수도 있지요.

그렇지만 중요한 건, 꺾이지 않는 마음(중꺾마)이래요!

오늘 보고, 내일 보고, 매일매일 들여다보면 달라지지 않을까요?

신월동 이웃들이 적은 결심은 올 한해를 더 잘 살아 내게 하는 힘이 될 겁니다.

권익옹호팀도 결심했습니다.

사람과 사람을 잇기로요. 한동네 사람들끼리 모이고 싶습니다. 시답지 않은 이야기를 하며 웃고, 한가득 쪄낸 고구마를 나눠 먹으면서요. 그래서 우리는 '이웃'을 찾아 '동네'에서 '만남'을 주선하고, '관계'를 이으려고 합니다.

아직 설날입니다. 올해, 어떤 결심을 했나요?

— 사회복지사 이하영

오월과 5월의 사진

복지관에서 일하다 보면, 사람을 만나다 보면, 사진 볼 일이 많습
니다.

"하영 선생님, 이거 나 젊었을 때야~"
"울 아저씨 옛날 사진이야. 탤런트 윤일봉 닮았지?"

사진에 얽힌 이야기를 풀어내는 얼굴에는 그때가 떠오르는 듯 신
남과 설렘, 행복이 보입니다. 그리고 알게 되었습니다. 사람은 누구
나 사진 찍는 것을, 본인의 얼굴을 남기는 것을 좋아한다는 걸요.

나이가 들어도, 얼굴에 주름이 가득해도 상관없었습니다.

오월 작가는 손을 빌려주었습니다. '일상을 기록한다.'는 오월 작가의 MOTTO처럼 목동, 신월동 사람들의 일상 속 가장 자연스러운 모습을 담아내고 싶었습니다. 옛날 사진 말고, 지금 2024년의 '나'를 남겨 드리고 싶었습니다.

푸르른 5월입니다. 오월 작가와 목동, 신월동 사람들은 서서울호수공원에 모였습니다. 오월 작가는 사람들의 '자연스러움'을 카메라 앵글에 담았고, 셔터를 눌렀습니다.

고된 일을 끝내고 집에 돌아온 김○○ 님을 힘나게 하는 가족사진이 될 거며, 보고 싶은 아들에게 엄마를 기억하게 할 소중한 선물로 쓰일 겁니다. 또는, 환갑을 맞은 정○○ 님에겐 더 건강히 살자고 다짐하게 하는 기념사진이 되겠지요. 혹은 아무 곳에도 쓰이지 못하고 장롱 한구석에 보관될 수도 있습니다.

사진은 시간이 흘러도, 그때의 순간을 생생히 떠올리게 합니다. 어쩌다 한 번씩 쓱 꺼내보며 목동, 신월동 사람들과 함께했던 사진 촬영의 순간을 기억하고, 2024년의 '나'를 추억할 테지요.

권익옹호팀은 사람과 사람을 잇겠습니다.

— 사회복지사 이하영

지금 만나러 갑니다

"매월 동네에 사는 주민을 만나러 갑니다."

이웃의 좋은 사람들이 누구인지 알아야, 부탁도 드려 보고 함께 할 수 있으니 자주 발품을 파는 수밖에요~~

잘 알지 못하는 사람을 만나러 가는 길은 늘 긴장 가득입니다. 어떤 말부터 시작해야 할지, 혹시나 내쫓기지는 않을까 하는 두려움 역시 어쩔 수 없는 감정입니다.

신정동 동네를 지나다 시호일이라는 사진관을 만났습니다. 처음 만난 날, 사진관 사장님은 웃으며 저희를 맞아 주었습니다.

"평소 사진을 찍고 싶다는 생각을 했어요."

두 번째 만나는 날, 동네에 이런저런 이야기를 나누는 중에 사장님이 동네 이웃에게 사진을 찍어 주고 싶다는 마음을 나눠 주었습니다.

　좋은 이웃(상가)을 만나고, 또 마음을 내어 주는 사람을 만나면
그야말로 감사가 절로 나옵니다.

　동네 이웃에게 사진을 찍어 주고 싶다는 사장님의 마음이
사진을 찍고 싶은 이웃을 만나는 자리로 엮어집니다.

　신정동 이웃님들,
사진을 찍고 싶은 분 있음 사진관 시호일로 모이세요!

　사진을 촬영하는 날, 분주합니다.
평소보다 이쁜 옷을 차려입고 동네로 나오신 분들,
하나, 둘 찰각~~

사진기 앞에서 긴장한 이웃들의 모습이 재밌습니다.
그리고 셔터를 누르는 사장님의 마음이 참 귀합니다.

사진이라는 구실로 사람들이 만납니다.
사진관 시호일이 그 구실이 되었습니다.

만나야 다음을 기약할 수 있습니다.

"그래서 오늘도 만나러 갑니다."

— 사회복지사 송용남

복지관에서는 매월 만남데이를 합니다. 복지관이 아닌 각자 살고 있는 동
네에서 인연을 만나고 함께할 수 있는 자리를 마련합니다. 자연스럽게 만
나면 좋지만, 장애인은 단조로운 일상만큼이나 관계도 그러한 경우가 많습
니다. 자연스럽게 관계하려면 일단은 구실이 필요하지 않을까요? 구실 없
이 자연스럽게 만남이 이루어질 날을 기대하며 천천히, 오래 만남을 이어
가겠습니다.

덕분입니다

푸르른 5월, 화창한 날씨만큼이나 기분 좋은 날입니다.

"함께 뛰니까 좋고, 돗자리 깔고 밥 먹어서 소풍 같았어요."
"저 달리기 잘해요. 맘껏 뛰어서 좋았어요. 더 달릴 수 있어요."
"다시 또 오고 싶어요."

용왕산 근린공원 운동장에,
양천구에 살고 있는 발달장애인 100여 명이 모였습니다.

매일 반복되는 일상~~
오늘만큼은 조금은 다른, 활기찬 일상을 맞이합니다.
어린 시절 운동장에서 뛰놀던 젊은 날의 우리를 떠올리며 힘차게
달립니다.

운동회를 할 수 있도록 도움 주신 ㈜세진씨아이, 양천사랑복지재
단 감사합니다.
후원해 주신 덕분에 우리를 위한 자리에 주인 되어 맘껏 즐겼습니다.

　각자 다니는 기관에 프로그램이 있었을 텐데,
일정을 조율하고 시간 내어 주신 덕분에
함께 모여 운동회다운 운동회를 할 수 있었습니다.
운동장에 울려 퍼지는 웃음소리가 괜히 신나고 설레였습니다.

　참여하신 분들 위해서 간식을 준비해 준 사회적협동조합 바른에
도 인사 전합니다.

　누군가를 위해 준비하는 따뜻한 마음은 고스란히 전해집니다.
덕분에 우리의 배도, 마음도 충만했습니다.

　좋은 날씨 덕분입니다.
화창한 날씨 때문에 비가 올까 봐 염려하고 걱정하던 마음 내려
놓고, 따스한 햇살 받으며 맘껏 웃었습니다.

'덕분에'라는 말이 참 좋습니다.
우리는 모두 덕분에 살아갑니다.

오늘 덕분에, 양천구에서 우리 동네 운동회를 잘 즐겼습니다.
고맙습니다.

— 사회복지사 송용남

맘(마음) 담은 밥상, 특별해서 더 와닿는 감동

"따뜻한 밥 한 끼의 추억이 있으신가요?"

복지관에서 매일 하는 프로그램처럼 말고, 조금 다르게 하고 싶었습니다. 이유 있는 활동 말고, 이유 없어도 그냥 만남이 이루어지고, 매일 하는 일상처럼 자연스럽게 닿고, 그리고 관계하는 그런 만남을 갖고 싶었습니다.

매일 먹는 밥이면 조금 자연스럽지 않을까?
내가 짓는 밥이 아니라 나를 위해 지어진 밥을 대접 받는다면….

음식을 만들어 본 사람이라면 더더욱 공감하게 될 정성 가득한 손길!

밥상을 받는 순간, 그저 감사하게 될 그 모습을 계속 상상하며 그렇게 맘(마음) 담은 밥상을 준비했습니다.

이름짓기 …

무얼 하든 이름이 중요하잖아요. 밥상을 찾아오는 분들에게 고스란히 마음을 전하고 싶었습니다. 그리고 엄마 밥처럼 정겹고 따뜻한 밥을 차려내고 싶었습니다. 그래서 그 이름 그대로 맘(마음) 담은 밥상입니다.

참여자는 이렇게 …

밥상을 차린다면, 그 처음은 누구여야 할까? 고민이 많았습니다.

주변을 둘러보니 밥 한 끼 대접하고 싶은 사람은 너무 많고, 한 달에 한 번 하는 밥상으로 다 담을 수는 없을 듯했습니다. 자연스럽게 식사를 차릴 마음이었는데, 선정 과정부터 의미를 부여하게 되는 것 같아 의미 안에 다시 갇히는 기분이었습니다. 그래서 결국, 이렇게 하기로 했습니다.

"밥 한 끼 먹고 싶은 사람, 주변과 나누고 싶은 사람이 신청하면 좋지 않을까? 우리는 그냥 누군가 우리의 마음을 읽고, 신청할 수 있게 홍보를 잘하자!" 그렇게 홍보 포스터를 만들어 이웃하는 사람들이 잘 보일 수 있도록 슈퍼에, 정육점에, 꽃집에… 지역 상가에 부탁하여 홍보지를 붙였습니다. 그리고 드디어 3팀의 신청을 받았습니다. 이제 만날 수 있습니다.

밥상을 준비하는 손길 …

맘 담은 밥상의 가장 중요한 사람은 엄마처럼 마음을 담아 음식을 손수 준비해 줄 누군가였습니다. "좋은 마음이 담기면 분명 알아주고, 함께할 사람들이 있다."는 말은 괜한 말 같았고, 거짓말 같았습니다. 자기 시간을 내어, 아무 보상 없이 손수 요리를 만들어 줄 그런 사람을 찾는 일이 쉽지 않았습니다.

〈솜씨 좋은 이웃을 찾는다〉는 포스터도 붙여 보았지만, 묵묵부답 ~~ 결국 일일이 주변의 여쭙고, 도움을 요청해야 했습니다. 그렇게 닿은 인연, 복지관을 이용하고 있는 어머님 한 분을 추천받았습니다. "거절하시면 어쩌지?" 하는 걱정과 송구함을 뒤로하고 부탁

드렸을 때, 흔쾌히 "도울 수 있는 일이면 도와야지. 재료 사 줄 꺼잖아…" 얘기 주셔서 감사했습니다. "이럴 줄 알았으면 안 한다고 했을 거야…" 맘 담은 밥상을 두 번 차려 낸 어머님의 마음을 충분히 이해합니다. 기꺼이 손잡아 주셔서 고맙습니다.

어머님의 밥상을 먹는 것만으로도 힘을 얻게 될 겁니다.

공간이 만들어지기까지 …

복지관에서 하는 프로그램처럼 말고, 자연스러운 일상이 되게 하자 했는데 복지관에서 진행할 수는 없는 노릇이었습니다. 이왕이면 최대한 자연스럽게 식당 같은 느낌이면 좋겠고, 다른 사람들이랑 어울려 그 모임이 너무 산만해지지 않으면 좋겠고. 아무것도 없으면서 원하는 것은 참 많아서 탈입니다. 결국 또 할 수 있는 건 부탁뿐이었습니다.

"장사를 하는 곳인데 장소를 빌려주기는 쉽지 않죠."
"요즘 파티룸같이 장소 빌려서 하는 곳이 있잖아요, 돈 주고 빌려요."
"빌려줬다가 불이라도 나면 어떻게 해요."
"카페에서는 음식 냄새가 나면 안 되요."

너무 당연하고 동의 되는 이야기들이어서, 복지관에서 하면 될 것을 괜한 욕심을 부린 것이 아닌가 후회가 되었습니다. 이쯤 되면 포기해야 하나 싶었는데 결국 저희의 사정을 알아주신 카페 사장님이 도움을 주셨습니다.

"저녁에는 괜찮을 것 같아요. 일정 정해지면 알려 주세요. 음식 냄새는 환기시키면 되니까 괜찮아요."

공간을 내어 주겠다는 인연을 만났습니다. 오직 한 가족만을 위한 공간, 그렇게 카페 같은 음식점이 탄생하였습니다.

손님 맞이하는 날 …

밥상을 찾는 손님들도 저희만큼 설레였을까요? 밥상 위에 놓는 꽃 하나, 테이블 매트 하나 정성이 가득 담겼습니다. 자연스럽게 하자는 말이 너무 부끄러울 정도로 일일이 힘을 잔뜩 준 것이 송구합니다. 마음이 담기지 않은 데가 없습니다. 자연스럽게 식사하고, 이야기 나누고 다른 사람들에게 자랑하고 싶을 만큼 함박웃음 가득

합니다.

맘 담은 밥상에 고스란히 마음이 전해졌을 거라 믿습니다.
많은 이들의 마음이 더해져 차려 낸 밥상이니까 밥 드시고 나면
그저 살맛 나기를 바랍니다.

누군가를 응원하는 밥상입니다.
누군가를 위로하는 밥상입니다.
누군가와 관계하는 밥상입니다.

– 사회복지사 양수현

오늘도 덕분에 감사합니다

권익옹호팀과 [살맛나는 마을을 만들어가기 위한 여정]에 동참해 주신
상가(사람)들을 소개합니다.

신양덕
(맘 담은 밥상 요리사)

" 삶이 담긴 밥상, 세상에 하나 뿐입니다 "

→ 장애인의 삶과 관계를 응원하기 위한 밥상

감자를 구워서 샐러드를 한다고요?
음식 하나 허투루 하지 않는 마음,
음식에 담긴 정성 덕분에 맘 담은 밥상에
초대된 가족들이 맛있게 식사할 수 있었습니다.

'우리 집 가면 주방이 영양진찬이야'
요리할 장소가 없어 하나부터 열까지 집에서
순수 준비해 묵묵히 애쓰신 수고 덕분에
세상에 하나뿐인 근사한 밥상이 만들어졌습니다.
밥상에 담긴 수고를 흔쾌히 기억하겠습니다.

어머님과 함께한 덕분에
누군가는 웃었고, 누군가는 감동에 울었고,
삶이 담긴 밥상을 추억하게 되었습니다.

양천 해누리 복지관

오늘도 덕분에 감사합니다

권익옹호팀과 [살맛나는 마을을 만들어가기 위한 여정]에 동참해 주신
상가(사람)들을 소개합니다.

카페 모빈
(양천구 목동로 15길 13)

" 나눔을 실천하는 사장님과 맛있는 음료가 있는 곳 "

카페 영업을 포기하고 공간을 열어주신 덕분에
따뜻한 공간에서 오롯이 삶을 응원하는 밥상을
전달할 수 있었습니다.

음료 만드는 법을 알려주시고 나눠주신 덕분에
지역에서 이웃들과 음료를 구실로 만나
이야기를 나누며 관계할 수 있었습니다.

'뭐든지 다 오케이 입니다'
사장님의 너그러운 마음 덕분에
지역에 한걸음 다가갈 수 있었습니다.

양천 해누리 복지관

동네에서 재밌게 살아가기

동행 : 동네에서 행복하기

자주 가는 빵집, 자주 가는 식당, 자주 가는 마트,
우리는 동네에서 사람을 만나고, 교류합니다.

장애인의 삶에도 그런 교류가 많아지면 좋겠습니다.
신월동에 사는 장애인이 신정동 복지관까지 나오지 않아도
만날 사람이 있고 즐길 거리가 있고, 재미를 느끼면 좋겠습니다.

* 동행은 장애인이 자기가 살고 있는 동네에서 장애로 인해 누리지 못했던
당연한 일상을 찾아가는 과정을 돕는 사업입니다.

동행의 시작은 공감에서 비롯되었습니다

신월동에 사는 ○○ 님.
신정동에 위치한 복지관까지 나오는 일은 생각보다 꽤 번거롭습니다.

○○ 님은 복지관 프로그램을 잘 알고 신청도 잘합니다.
하지만 먼 길 탓인지 약속을 했다가 결석하는 일도 부지기수~~
가기 싫은 마음을 겨우 달래서 집을 나섰어도
버스를 기다리고 복지관까지 오는 길은 힘이 듭니다.

"동행은 바로 ○○ 님이 복지관까지 나오는 일이 쉽지 않은 일이라는 공감에서 시작되었습니다."

"집에만 있어서 답답하고 심심해요."

그렇다면 우리 동네에서 행복하게 살기 위한 여정을 시작해 볼까요?

동행을 시작합니다

○○ 님을 만나 묻습니다.

"○○ 님은 뭘 좋아하세요? 혹시 배워 보고 싶은 것도 있으세요?"

꽃꽂이를 하고 싶다고 해서 알아보는데
금액도 비싸고 시간대도 안 맞아서 결국 포기,

운동에도 관심이 있다 하셔서 조금 먼 거리이지만,
걸어서 10분 거리에 있는 줌바댄스 하는 곳을 찾았습니다.
바로 시작도 할 수 있고, 비용도 적당해서 당장 이용을 결정했습니다.
대망의 줌바댄스가 시작된 첫날,
부끄러운 마음에 맨 뒷자리에 자리를 잡고,
천천히 적응을 시작합니다.

그리고 놀랍게도
매일 온다고 했다가 취소하기를 반복하여
복지관에서 양치기 소녀로 유명한 ○○ 님이
한 번도 결석하지 않았습니다.

담당자와 함께 시작했지만,
천천히 혼자서 참여하는 모습이 좋아 보입니다.

동행은 변화를 만들었습니다

동행에 참여하면서 ○○ 님은 변화하였습니다.
늘 복지관까지 나오는 것이 힘들었던 ○○ 님은
이제 결석을 고민하지 않습니다.

크고 작은 변화들이 생겼어요

궁금한게 있으면 스스로 확인하기
먼저 일정 알려주기
혼자 줌바댄스 참여하기
수업에 빠지지 않고 참여하기
집에서 줌바댄스 연습하기
걷고 인증하기 참여자 모집하기
링크보내기, 캡쳐 방법 알기
⋮

남편과 함께하게 되어 이제 담당자와 함께하는
동행은 마무리하기로 했습니다.
함께하며 가장 크게 변한 것은 활동을 거부하거나
포기하지 않고 스스로 해보겠다는 의지를 가지게 되신 것 같습니다

동네 가까운 곳에 직접 찾아가서 상담도 받고,
참여할 수 있는 프로그램도 찾고
○○ 님은 새로운 시도를 통해 스스로 할 수 있는 것을
조금 더 알게 되었고, 힘이 생겼습니다.

좋아하는 활동을 해서 그럴까요?
○○ 님은 더 자주 웃고, 즐거워합니다.

— 사회복지사 양수현

보물찾기

마을이 예전 같지 않습니다.

사람들과 마음을 나누고 힘든 일이 있을 때 서로 도우며 살았던 공동체는 사라지고 서로에게 관심을 주기는커녕, 사람을 경계하기도 합니다.

마을 사업 담당자로서
그럼에도 불구하고, 지역에는 이웃이 있고 인정이 있다 믿습니다.

그래서 오늘도 마을을 만나러 나갑니다.
동네를 걸으며 만난 마을은 차로 다니는 마을과는 좀 다릅니다.

각박하기만 할 것 같았던 마을이지만 자세히 들여다보면 이웃과 인정이 보입니다.

"이런 데까지 어떻게 오셨어."

"이야기 나누는 거야 손님만 안 계시면 언제든지 환영이에요."
"지나가다가 더우면 언제든지 들어와서 쉬었다 가요."
"좋지요, 할 수 있지요. 말씀만 하시면 무엇이든 합니다."
"이거 직접 밭에서 따 온 건데 과일 드시고 가세요."

숨어 있던 다정한 이웃을 만나면 마치 보물을 찾은 듯 기쁩니다.
물론 환영만 받는 것은 아닙니다. 말을 걸기도 전에 쫓겨나기도
하고 말을 걸어도 눈조차 마주치지 않는 경우도 부지기수입니다.

바로 성과가 나타나지도 않습니다.
아직도 이 방법이 최선일까 고민합니다.

그러나, 그래도 계속합니다.
아직 만나지 못한 보물들이 있을 테니까요.

지금은 돌덩이 같지만 언젠가는 서로 닿아 보물이 되고,
환히 빛날 것을 믿기에 계속 마을을 누비겠습니다.

— 사회복지사 양수현

다음에 또 만나요

마을 잔치는 여러 사람이 모여 즐기는 일이라는 뜻으로 이웃끼리 안부를 나누며 서로를 챙기기 위해 예전부터 이어져 온 풍습입니다.

요즘은 찾아보기 힘들지만, 과거에는 기쁜 일이 있으면 마을의 모두가 하나 되어 잔치를 열었습니다.

잔치가 열리면 자연스레 동네 사람들이 나와 일손을 거들고, 가진 것을 나눕니다. 그렇게 함께하면 정도 들고, 웃음도 끊이질 않았죠~~

복지관에서도 사람 냄새나는 마을 잔치를 만들고 싶었습니다.
그저 누구라도 편히 와서 사람들을 만나 즐기고, 따뜻함을 느꼈으면 좋겠다 생각했습니다.

"먼저 장소를 찾았습니다."

사람들이 모이려면 장소가 필요합니다.

마을을 돌고 돌아 장소를 찾고 있을 때 협동조합을 운영하고 계시는 대표님과 인연이 닿았습니다.

"이 공간이 마음에 들고 복지관에서 하고 싶은 것들을 할 수 있다면 어디든 활용해도 좋고 필요한 물품들은 얼마든지 지원해 줄 수 있어요."
"마을에서 모이는 데 먹거리가 빠질 수 없죠~~ 밥이랑 국도 필요하면 해 줄께요. 부르면 도와줄 사람들 많아요."

"장소를 찾았으니 내용을 정합니다."

먹거리 없는 잔치는 아무래도 아쉽습니다. 고민 끝에 마을 잔치의 주제는 비빔밥으로 정했습니다.

비빔밥은 각기 다른 재료를 한데 모아 완성합니다.
각기 다른 재료들이 만나 자연스럽게 어우러지고 비벼져 맛을 더하고, 즐거움을 더하듯이 비빔밥을 만들어 가는 과정 속에서 우리도 그렇게 어우러지면 좋겠다는 마음을 담습니다.

"각자의 역할이 있어야, 참여하는 분들도 주인됩니다."

마을 잔치를 준비하면서 모두가 참여자이기를 바랐습니다.
참가비는 무료이지만 주는 밥을 얻어먹는 수혜자가 아닌 마을 잔치에 참여하는 하나의 구성원이 되도록, 비빔밥에 들어갈 반찬 한 개씩은 집에서 각자 가지고 오기로 약속합니다.

"반찬을 가지고 오라고 하면 안 오실 것 같은데 그냥 무료로 해요."
"반찬을 안 가지고 오시면 어떡하죠?"
"못 먹는 거 가지고 오면 어떻게 해요?"

모두가 걱정합니다.
마을 잔치 있던 날, 참여자들 손이 무겁습니다.

"집에서 잡채 만들어 왔어요."
"만드는 건 못해서 시장 가서 사 왔어요."
"재료는 많을 것 같아 과일 사 왔어요."

걱정이 무색할 만큼 한 사람 한 사람의 마음이 모여 마을 잔치가 준비되고 있습니다.

"저번에 어디서 뵀던 거 같은데 어디 사세요?"
"마을에 이런 곳이 있는지 몰랐어요."
"이거 집에서 키운 것들로 만들어 온 건데 드셔 보세요."

일상의 대화들이 맛있는 음식 냄새를 따라
이곳 저곳 옮겨갑니다.

마을 잔치에는 따뜻함이, 대화가, 웃음이 있습니다.
복지관에서 만든 마을 잔치가 아닌 함께 만든 마을 잔치입니다.
차갑다고만 생각했던 마을이 따뜻하게 보입니다.

오신 분들도 같은 걸 느끼셨을까요?
누군가 남겨 주신 마을 잔치의 한 줄 평입니다.

"다음에 또 만나요."

또 만날 수 있으면 됩니다. 그것으로 충분합니다.

― 사회복지사 양수현

이미 충분합니다

"크지는 않지만 제가 가지고 있는 것을 함께 나누고 싶어요."

복지관으로 걸려 온 한 통의 전화 덕분에
카페 사장님과 인연이 시작되었습니다.

경기가 어려워지면서 골목 상권은 더 힘들어졌습니다.
복지관 인근의 문 닫은 상가들도 많아졌고요~~
먼저 손을 내민 사장님 마음이 고마워 한달음에 찾아뵈었습니다.

"우리 가게 문턱 때문에 혹시나 휠체어를 타신 분들이 불편하실
까 걱정이네요. 구조를 변경할 수는 없다고 하더라고요."
"메뉴가 어렵거나 키오스크 사용이 불편한 분들은 저에게 말씀을
해 주셨으면 좋겠어요. 쿠폰을 사용하는 분들이 돈을 내지 않는다
고 불편해하거나 다른 손님들의 눈치를 보지 않으면 좋겠는데…."

사장님의 걱정을 들으면서 너무 세심하게 배려해 주셔서 놀랐습

니다. 물질적인 도움을 넘어 '마음'을 나누고 싶어 하는 사장님 덕분에 마음이 놓입니다.

매월 따뜻한 사장님이 있는 가게에
장애인들이 쿠폰을 가지고 방문합니다.

나눌 것이 음료 한 잔뿐이라며 미안해하시는 사장님은
카페에 찾아오는 손님에게 기분 좋은 미소를 나누고,
밝은 인사를 나눕니다.

"혹시나 음료 이용이 필요한 분이 더 계시거나 금액이 적다고 느껴지면 꼭 말씀해 주세요!"
"사장님~~ 이미 충분합니다."

남보다 내가 더 중요해지는 세상입니다.
그래도 여전히 남을 생각하고 마음을 나눠 주는 이들이 있으니
세상은 아직 살 만합니다.

— 사회복지사 양현석

익어 가는 장과 함께 깊어지는 우리

한 해의 시작을 알리는 장 담그기.
메주와 소금, 물, 대추, 고추, 그리고 숯이 한데 모여
오랜 시간 동안 천천히, 깊이 익어 가며
된장과 간장이 됩니다.

이렇게 어우러져 만들어지는 장처럼,
장애인과 비장애인, 복지관과 마을도
조금씩 서로를 알아 가며 하나가 됩니다.

혼자서는 힘든 장 담그기지만, 함께하면 힘이 됩니다.
20명의 이웃이 모여 메주를 닦고 소금물을 섞는 모든 과정 속에
정성과 사랑을 담아 갑니다.

"올해도 잘 부탁해."

정성 어린 손길로 항아리를 닦으며 다짐하고,
장독에 마음을 담습니다.

시간이 흘러 2월의 투명했던 소금물은
점점 깊은 빛깔로 변해 갑니다.
그 색이 짙어질수록 우리의 관계도 더 단단해집니다.

10개월의 기다림 끝에 마주한 장독.
그 안에 담긴 것은 단순한 장이 아닙니다.
이웃 간의 따스한 온기입니다.

함께 기른 장은 이웃 장애인들과 나누며,
우리의 마음을 전합니다.
사진 속에 남은 서로의 웃음, 그리고
"내년에도 또 만나요!"라는 약속.
이제 우리는 서로의 삶 속에 조금씩 스며들어
진정한 이웃으로 깊어져 갑니다.

― 사회복지사 김보름

4. 즐거운 실천을 해내다

동네에서 별일 만들기

교감언어활동[6]을 이용하는 아이들 대부분은 또래 친구들과 소통하고 관계하는데 어려움이 있습니다.

친구를 사귀고 싶은 마음은 누구보다 크지만 먼저 다가가 말을 걸지 못하는 경우도 많고, 타인과 외부 환경에 대한 관심이 부족하여 마음을 읽어 내는 것도 쉽지가 않습니다.

이런 어려움이 있는 아이들이 일주일에 두 번 함께 만납니다. 처음에는 집중도 잘하지 못하고, 자기 하고 싶은 대로 도통~~ 친구를 의식하지 않는 모습입니다.

하지만 시간이 지날수록 교감언어활동을 통해 서로 교감하는 시간이 쌓이고 쌓입니다. 더디지만 친구들에 대한 관심이 높아지고 같이하는 즐거움, 아쉬움 등 다양한 감정들을 느끼기도 합니다.

---

6) 교감언어활동 : 또래에 비해 언어발달이 느린 아동을 대상으로 하는 언어활동으로 비슷한 연령의 친구들이 함께 만나 자연스럽게 교류하면서 언어를 익히고, 소통하도록 돕습니다. 지역사회 내 공원, 상가도 함께 이용해 보면서 일상에서 필요한 소통을 배워 갑니다.(교감 : 서로 접촉하여 따라 움직이는 느낌)

동네 탐방 가는 날

동네 탐방 외부 활동이 있는 날은 기대와 설렘 가득입니다.

"우리 이번에 어디로 가 볼까?"
"넌, 어디 가고 싶어?"
"편의점에선 뭐 사 먹을 거야?"

장소도 함께 정하고, 서툴지만 대화가 이어집니다.

동네 탐방을 나가는 날 아이들의 모습은 그 누구보다도 밝고 별
처럼 빛납니다. 서로 사진도 찍어 주고, 길 따라 동네도 구경하면
서 맛난 간식도 나누어 먹고, 친구와 함께 보내는 이 시간이 참 별
일입니다.

서로 자주 많이 만나고 경험을 공유하고 이렇게 즐거움을 더하다
보면 자연스럽게 관계할 수 있게 되겠지요?

동네 구석구석 아이들의 추억이 많아지길 기대합니다.

그래서 오늘도 친구와, 지역과 교감하러 떠납니다.

− 언어재활사 오정용

함께 걷기

성인그룹물리활동[7]에 참여하는 분들과 우리가 살고 있는 지역으로 걷기 연습을 나갑니다.

벚꽃이 피고, 낙엽이 지는 계절도 느끼고,

따뜻한 햇살도, 가을 선선한 바람도 온몸으로 만끽합니다.

평소 혼자서는 걷기 어려웠던 그 길을 걸으며

함께 연습하고 또 걷습니다.

---

7) 성인그룹물리활동 : 뇌병변, 지체장애로 인해 보행이 어려운 장애인들의 걷기 능력 향상을 위해 치료실에서 다양한 재활운동은 물론 공원, 도보길 등 일상에서 자주 마주하는 공간으로 직접 나가 걷기 연습을 합니다. 이야기 나누면서 걷는 걸음 속에서 흐트러진 자세를 바로 잡듯 마음은 단단히 잡아 나갑니다.

"함께 나오니 좋다."

"함께해서 힘이 난다."

매일 걷는 걸음인데, 함께 걷는 걸음은 더 특별한 듯합니다.

긴장하면서도 미소 진 얼굴 덕분에 저도 꽉 잡은 손에 힘이 들어
갑니다.

> 매일 똑같은 하루가
> 장애인이 되고 어제와 크게 달라졌다 합니다.
>
> 매일 걷던 그 걸음을 걸을 수가 없어서
> 시간이 오래 지났는데도 몇 번씩 울부짖는다 합니다.
>
> 낯설어진 스스로를 마주하는 것 만큼이나
> 마주하는 사람들의 시선이 견디기 힘들다 합니다.
>
> 죽을 수 없어서
> 오늘 또 살아간다 합니다.

살고 있는 동네를 걷습니다.

매일 그러하였듯 일상을 살아 내기를 바라는 마음일지도 모르겠
습니다.

이전과 같아질 수는 없지만,
그래도 조금은 더 건강하게 살 수 있도록 돕겠습니다.

그리고 지금처럼 함께 걸으며 위로하겠습니다.

날씨 추워졌다고, 가기 싫다 하시면 안 됩니다!

– 물리치료사 권아현, 이유리

부모님과 함께 숲에서 놀아요

오늘은 숲에서 아이들을 만나는 날입니다.

"아이들은 숲을 좋아할까?"
"무엇을 하고 싶어 할까?"
"움직이고 나면 출출할 텐데 어떤 간식을 먹으면 좋을까?"

실내가 아닌 바깥, 그것도 낯선 장소에서 아이들을 만나려니
고민이 깊어집니다.
여기는 계남 제1근린공원

시끌시끌한 소리가 들리는 거 보니 아이들이 왔습니다.
부모님과 함께 손을 꼭 잡은 모습이 참 푸릅니다.

"여기서 이제 뭐 해요?"
"뭐 하고 놀아요?"
"점프, 점프해요?"

낯선 공간이 아이들도 기대가 되는 모양입니다.
자연스럽게 숲을 느끼고, 공간을 느낍니다.
나뭇가지, 돌멩이도 발로 차 보고, 머리 위 나뭇잎을 한참 바라보
더니 제자리 뛰기도 해 봅니다.

저는 아무것도 하지 않았는데 자연스럽게 숲을 탐색하기 위한 움
직임이 시작되었습니다.

<u># 활동 1. 나무와 인사 나누기</u>

숲을 둘러보며 나무들과 인사를 나눕
니다.

"안녕, 오늘 여기서 놀 거야. 잘 부탁해!"
"어! 여기 개미가 있어요! 개미가 많아
요!"

개미를 찾은 아이들은 나무와 인사하기를 멈추고 개미 떼의 움직임을 관찰합니다. 개미들을 괴롭히는 마음이 드는 건 제 기분 탓이겠지요? 그래도 오늘만큼은 양해를 구합니다.

개미 떼의 행렬을 따라 분무기로 물을 뿌려 보기도 합니다.

"비가 와~ 개미들아, 도망가!"

활동 2. 숲에는 무엇이 있지?

숲에서 만나는 자연물들을 수집하는 재미가 쏠쏠합니다.

부모님과 아이 모두 나뭇가지, 열매, 나뭇잎 다섯 개씩~~

5월 말 봄에는 산딸기, 매실, 대나무 잎을, 10월 초가을에는 도토리, 밤 같은 열매도 만날 수 있습니다.

모아 온 자연물을 광목천 또는 찰흙 위에 올리고 나만의 숲을 만들어 보는 기쁨을 온전히 우리가 누립니다.

활동 3. 무슨 소리지?

팔 길이보다 짧은 나뭇가지 한 개가 필요합니다.

술래는 나뭇가지로 자연물을 치거나 비벼 소리를 내고, 다른 사람들은 눈을 감고 그 소리를 들어야 합니다.

자세히 들어야 해요. 제대로 듣지 않으면 놓칠 수 있거든요.

"무슨 소리일까~? 찾아봐라~"

어린아이들은 소리를 찾기 위하여 이 나무, 저 돌멩이를 직접 쳐 보면서 소리도 탐색하고, 좀 더 큰 아이들은 소리의 방향을 따라 숲을 걸어 봅니다.

활동 4. 무궁화 꽃이 피었습니다

술래가 있는 나무까지 달려야 합니다.
단, 술래가 돌아볼 때는 꼭 나무에 몸을 접촉하고 있어야 합니다.
만약 나무와 먼 곳에 있었다면 손가락을 걸고 구해 줄 친구들을
기다려야 합니다.

활동 5. 나무 인터뷰

한 친구가 하나의 나무를 정하고, 그 나무가 되어 봅니다. 주변
의 사람들은 질문자가 되고 나무가 된 친구는 질문을 듣고 대답합
니다.

"나무야! 너는 이름이 뭐야?"
—응, 나는 그냥 나무야. 이름이 나무야.

"나무야! 너는 왜 여기 있어?"
—나는 원래 여기 있었어. 태어날 때부터 있었어.

"나무야, 심심하지 않아?"
—가끔 심심해. 그런데 괜찮아. 매일 심심하진 않거든.

"나무야. 너는 무얼 가장 좋아하니?"

―나는 바람을 좋아해. 시원하거든.

초등 저학년 친구들의 나무 인터뷰입니다.

나무가 처음 되어 본 아이들은 머쓱해하며 질문에 대답하기 쑥스러워하기도 하지만 이내 나무가 된 것처럼 멋지게 마음을 전합니다.

숲 심리운동을 진행할 때마다, 늘 저의 어린 시절을 생각합니다.

서울에 살았음에도 저의 유년 시절은 늘 동네 공터에서 친구들과 온갖 놀이를 하였고, 개천으로, 바위산으로 뛰어다니며 '엄마 아빠는 이 길을 모르겠지?' 하고 새로운 샛길을 찾아 헤매는 일상으로 가득 차 있었습니다.

제가 자랐던 그 시절과 우리 아이들이 자라나는 이 시대를 비교할 수는 없을 겁니다. 그런데도 움직이고 놀고 싶은 아이들의 본능은 다르지 않으리라 생각합니다.

익숙하고 규격화된 장난감을 잠시 내려 두고, 자연으로 나오면 예측하지 못하는 난감함만큼~ 무궁무진한 놀이를 만날 수 있습니다.

처음은 당연히 어렵죠~~ '무얼 하고 놀아야 하지?' 그렇지만 기억해 주세요. 누가 시키지 않았음에도 아이들은 스스로 움직이고 즐거운 놀이를 시작할 수 있습니다.

"나무야 너는 심심하지 않니?"

—응.

"왜 심심하지 않아?"
—친구들이 오는 걸 기다리면 되니까~~

숲 심리운동 중 한 아이의 말이 기억납니다.

아이들이 자연에서 놀이를 즐기고, 깔깔깔 크게 웃는 날이 더 많아지면 좋겠습니다.

자연은 우리를 맞이할 준비가 끝났습니다.

— 심리운동사 온민경

심리운동은 자기의 움직임을 통해 몸과 마음을 발달시키는 활동으로, 복지관에서는 또래에 비해 발달이 지연되거나 정서적 어려움을 겪는 사람들을 대상으로 다양한 신체 움직임을 지원합니다.

다양한 신체놀이를 통해 스스로의 신체를 조절하고 집중하는 법을 배우고, 또래와 활동하면서 의사소통과 협동의 중요성도 깨닫습니다. 단순한 신체능력뿐 아니라 내가 느끼는 감정, 사고, 대인관계 능력도 함께 성장하도록 돕는 것, 그것이 심리운동의 목표입니다.

음악으로 함께해요 '씸하'[8)]

"우리 또 언제 모여요?"

"영상 언제 나오나요? 빨리 부모님 보여 주고 싶어요."

동아리에서 플루트를 연주하는 우명 씨는 요즘 행복합니다.

---

8) 씸하는 복지관 동아리입니다. 히브리어로 기쁨이라는 뜻을 가진 씸하는 음악을
좋아하는 사람이라면, 성별, 나이, 국적, 장애 유무와 상관없이 들어올 수 있습니
다. 처음에는 음악을 좋아하는 직원 동아리로 시작했지만, 음악을 좋아하는 사람
이라면 누구나 기꺼이 즐길 수 있다고 생각하여 복지관을 이용하는 장애인들에게
도 권하게 되었습니다. 동아리에 참여하는 사람들은 음악을 통해 삶을 배우고, 관
계를 배우고, 성장해 갑니다. 우리의 노래를 통해 함께 기뻐하기를 꿈꾸며 계속 노
래하겠습니다.

"팀장님! 이 노래도 좋은 것 같은데."

지난번 동아리 모임에 처음 참여한 승욱 씨는 매일 새로운 노래를 찾고 또 찾습니다.

'씸하'는 음악을 좋아하는 사람들이 만나 노래하는 동아리입니다.

승욱 씨는 사이버대학에서 드럼을 전공했고, 우영 씨와 종민 씨는 어렸을 때부터 악기를 배워 플루트와 피아노를 연주할 줄 압니다. 우리 동아리 예준 씨는 작사를 할 줄 알고요~~

드럼으로 리듬을 만들고 플루트의 아름다운 소리 위에 피아노의 멜로디를 얹고, 다양한 목소리를 함께 모아 우리들만의 아름다운 이야기를 노래로 표현합니다.

♬ 꿈을 향해 나아가는 걸음
정해지지 않은 길을 넌 할 수 있어!
만들 수 있어! 함께 그릴 수 있어!
저마다의 마음속에 꿈을 가지고 있어
꿈을 찾아봐 너의 꿈을 세상이 응원할게
이 세상이 손잡아 줄 거야
든든한 나침반이 돼 줄 테니까
아이 같은 꿈이어도 걸어 나가 ♪

예준 씨가 만든 노래 가사가 우리와 닮아 있습니다.

우리는 꿈을 꾸며 걸어갑니다.
서로의 마음을 응원하고, 함께합니다.
조금 부족해도 천천히 걸어갑니다.

음악 속에서 함께하는 우리는 서로에게 기쁨입니다.

여러분도 함께하실래요?

"자, 준비됐나요?"
"하나, 둘, 셋!"
"씸하~~"

– 사회복지사 안재훈

자립을 위한 도전, 독립주거체험 이야기

　한 달에 한 번 금요일 아침이 되면 다소 상기된 표정의 자립준비반 이용자 두 명을 만나 볼 수 있습니다. 이들은 아침부터 엄청난 고민을 하고 있습니다.

"오늘 저녁은 뭐 해 먹지?"
"내일 아침 메뉴는?"
"마트에서는 뭘 사야 할까?"
"혹시 돈이 부족하면 어떡하지?"

고민에 빠진 이들은 혼자 살기 위한 연습을 위해 '독립주거체험'
을 갑니다.

오늘 저녁부터 내일 아침까지 요리와 청소, 빨래, 설거지 그리고
여가 시간까지 모든 걸 이들 스스로 해야 합니다. 낯선 곳에서 잠
도 자야 하고 혼자서 밥도 해 먹어야 합니다. TV에 나오는 정글은
아니지만 이들에게는 세상 어느 정글보다 더 두렵고 걱정될 것입
니다.

"이건 얼마지? 돈이 부족한가? 간식도 사야 하는데. 여긴 내가 원
하는 도시락이 없네. 선생님! 저는 그룹홈 옆에 편의점에서 도시락
을 사 먹을 거예요! 그리고 남는 돈으로는 음료수를 사서 친구랑 같
이 먹을 거예요!"

설레는 마음으로 이마트에서 장을 보고 이들은 서둘러 목적지로
향하는 버스를 탑니다. 가는 길도 문제없이 척척 해내고 있습니다.
염려가 무색할 정도로 잘하는 이들의 표정은 어느새 걱정에서 즐기
는 표정으로 바뀌어 있습니다.

서투른 칼질도, 어설픈 쌀 씻기도 이제 두렵지 않습니다. 즐거운
저녁 이후에 이들만의 시간을 통해 이렇게 하루가 저물어 갑니다.

혼자 맞이하는 아침은 왠지 책임감이 따릅니다. 늘 챙겨 주던 부모님도 없습니다. 이제는 스스로 아침을 준비해야 합니다. 아침을 먹고 청소를 시작합니다. 낯선 곳이지만 분리수거까지 완벽히 해냅니다.

"엄마, 아빠! 나 잘하고 왔어! 나 혼자서 요리도 하고, 장도 보고, 청소도 하고."

마중을 나온 부모님 앞에선 다시 아이가 되어 버리지만, 어제, 오늘 한 경험을 토대로 스스로 혼자가 될 준비를 하고 있습니다.

오늘 우리는 한 걸음 더 성장했습니다.
내가 주인 되는 삶에 도전하는 모든 장애 청년을 응원합니다.

– 사회복지사 서신범

내 일이 있는 곳에서 내일을 꿈꿉니다

취업을 위해서는 준비가 필요합니다.
근데 어떤 준비를 얼마만큼 하면 준비가 되었다 할 수 있을까요?

준비가 되어서 일하지 않고,
해 보면서 필요한 준비를 하면 안 되는 걸까?
직업준비반에서는 조금 다른 고민을 해 보기로 했습니다.

뭐든 해 봐야 잘 알 수 있는 법!
각자 하고 싶은 것들을 찾아 직접 해 볼 수 있는 기회를 갖도록
돕고, 일단 부딪쳐 보기로 하였습니다.

서로 다른 사람 12명이 모여 있는 직업준비반.
그곳에는 취업을 위해 노력하는 12명의 발달장애인들이 있습니다.
사는 곳, 생김새, 취향, 식성 등은 모두 다르지만 모두 '꿈'을 갖고
있습니다.

"선생님, 저는 바리스타 하고 싶어요. 원두 향이 너무 좋아서요."

"선생님, 저는 사람들을 도와주는 게 좋아요! 누군가를 도와줄 수 있는 일을 하고 싶어요."

"선생님, 저는 집에서 엄마를 도와 집안일을 잘하는데, 제가 할 수 있는 일은 없을까요?"

"선생님, 저는 외부로 나가 보고 싶어요. 복지관 밖의 세상도 너무 궁금해요."

누군가는 카페 바리스타로, 누군가는 식당에서 배식도우미로, 누군가는 복지관 내 환경미화원으로, 누군가는 매장 보조원으로 일할 수 있는 자리를 만들고 각자의 자리에서 매일 근무를 합니다.

"집에 있을 때는 심심하고 말할 사람도 없었는데, 복지관에 오니 친구들도 많고 새로운 일도 배울 수 있어서 좋아요."

"누군가에게 도움이 될 수 있는 일을 한다는 게 너무 행복해요. 제가 꼭 필요한 존재가 된 것 같아요."

"열심히 일해서 번 돈으로 맛있는 음식을 사 먹을 수 있다니 너무 좋아요."

"선생님 저 열심히 노력하면 외부로도 나갈 수 있겠죠? 아직 무섭지만 나중에 일을 잘하게 되면 취업해서 나가 보고 싶어요."

여전히 우리는 준비가 필요합니다.
내 마음을 주체하지 못해 하루 종일 기분이 오락가락할 때도 있고, 실수가 많아 잔소리를 듣습니다.
누군가의 도움 없이 제 몫을 해내는 것이 과연 가능할지도 자신 없습니다.

그러나 일하면서 우리는 출근하는 기쁨을 알게 되었고,
힘들어도 일을 하면 돈을 벌 수 있다는 것을 배웠습니다.

"실패하면 뭐… 다시 시작하면 되죠~~"

누군가는 할 수 없다고 말할지도 모르겠습니다.
그러나 우리는 내 일이 있는 곳에서 여전히 내일을 꿈꿉니다.

– 장애인재활상담사 김채연

함께해요, 줍깅

'줍깅'은 신월동 지역 주민들로 구성된 모임으로, 매월 초 회의를 통해 활동 장소를 정하고, 산책을 하며 쓰레기 줍는 활동을 합니다.

어느 날, 회의 중에 한 참여자가 이런 제안을 했습니다.

"이번 달에는 우리끼리만 하지 말고, 다른 사람도 함께해 보면 어 떨까요?"
"그래, 우리끼리만 하는 것보다 줍깅 활동을 더 많이 알릴 수 있 으면 좋겠어."

"여기 이용하는 장애인들과 함께해 보는 건 어때요?"

이야기는 빠르게 진행되었고, 다음 달에는 장애인과 지역 주민들이 함께 동네를 다니며 줍깅을 하는 일정이 계획되었습니다.
하지만 막상 당일이 되니, 참여자들은 걱정이 앞섰습니다.

"장애인을 어떻게 대해야 하지? 활동 중에 돌발 행동이 나오면 어떻게 해야 할까?"
"신체 불편한 장애인도 참여할 수 있을까?"

그런데, 줍깅 활동이 시작되자 그 걱정은 모두 사라졌습니다.
다들 자연스럽게 활동에 참여하며 팔짱을 끼고, 서로의 모습을 보며 '정말 괜한 걱정이었구나!' 했습니다.

"우리가 엄청 많이 주웠다~!"
"에이~ 우리가 훨씬 더 많이 주웠는데?"
"민수 씨, 우리가 제일 많이 주웠어! 처음인데도 너무 잘하는 걸?"

30분간의 줍깅 활동이 종료되었고, 단순한 쓰레기 줍는 활동이었지만, 활동 후에는 모두 서로 친한 친구처럼 느껴졌습니다.

"가영 씨, 잘 가요~ 다음에 또 같은 팀 하자!"
"우와, 근데 진희 씨가 나보다 더 잘 찾던데?"

"그러니까~ 그리고 생각보다 잘 따라와 줘서 고마웠어."
"나랑 같이 팀 했던 사람은 나중에 혼자서도 잘 하더라고~"

사람들은 잘 알지 못하면 관계를 망설입니다.
신월동 주민들에게 오늘의 만남이 그러했을지도 모르겠습니다.

자주 만나고, 함께해 보면 알게 되는 자연스러운 것들을
때로는 낯설다는 이유에서 시도하지 못합니다.

익숙해질 때까지 같이 자주 만나겠습니다.
낯설어하는 누군가에게 경험담을 나눌 수 있는 그날까지 함께해요~

먼저, 기꺼이 좋은 제안해 주셔서 고맙습니다.

– 사회복지사 김문성

내가 바라본 세상을 담다

사람들은 눈을 통해 세상을 바라보고,
그 순간을 사진으로 기록하여 기억 속에 간직합니다.

복지관에서는 사진에 관심이 있는 사람들이 모여 일상에서 눈으로만 보고 지나쳤던 순간들을 사진으로 담고 서로의 순간들을 나누며 의미 있는 시간을 보냅니다.

처음에는 스마트폰 사용조차 익숙하지 않아 사진을 찍는 것이 어색하고 낯설게 느껴지던 분들도 많았습니다. "사진 어떻게 찍어요?",

"사진작가가 아니라서 자신 없어요."와 같은 이야기를 하시곤 합니다. 이런 두려움과 망설임은 어쩌면 자연스러운 감정일 것입니다. 새로운 도전 앞에서 생기는 부담감은 누구나 느끼기 마련이니까요.

하지만 이 두려움을 기회로 바꾸고 도전으로 삼기 위해, 사진 촬영과 보정 방법을 친절히 알려 줄 선생님과 촬영을 도와 줄 삼각대, 셀카봉 같은 장비를 준비해 함께 사진을 찍으러 다녔습니다. 시간이 흐르면서 참여자들은 점차 자신감을 얻었고 이제는 "선유도공원 가요.", "서울식물원 가요."라며 출사 장소를 적극적으로 제안하는 모습을 보여 주고 있습니다.

참여자들의 사진을 보면 각자의 시선이 고스란히 담긴 것을 느낄수 있습니다. 어떤 분은 꽃을 담는 데 집중하고, 다른 분은 함께하는 사람들의 모습을 담아 주며 추억을 기록합니다. 찍은 사진을 통해 그들이 세상을 바라보는 방식, 관심사, 그리고 그 안에 담긴 자신을 엿볼 수 있습니다. 이제 사진은 단순한 취미를 넘어 그들에게 자신을 표현하는 새로운 언어이자 마음을 전하는 방식이 된 것입니다.

이제 우리 모두는 앞으로도 각자의 시선으로 세상을 담아내는 여정을 계속할 것입니다. 그 순간을 마음속에 그리고 사진 속에 남기며 우리의 일상을 더욱 풍요롭게 만들어 나갈 것입니다.

— 사회복지사 허은진

양천구 조사들의 낚시 여행기

"덕분에, 어르신들은 내일을 기대하게 되었습니다."

낚시 여행을 앞두고 매일같이 어르신들의 전화를 받았습니다. 봉재 낚시터가 참 괜찮다더라, 그날이 보름달이 뜨지 않는다더라, 새 낚싯 바늘을 사 놨다, 민물 낚싯대 손질 끝내 놓았다, 하영 선생님도 두툼 한 잠바를 챙겨야 한다, 나는 벌써 짐을 다 싸 놓았다… 하면서요.

덕분에, 어르신들의 2024년 10월 달력에는 커다랗고 빨간 동그라미가 그려졌습니다. 덕분에, 어르신들은 내일을 기대하게 되었습니다. 누구나 그러하듯 여행을 기다리는 두근거리는 순간이 어르신들에게도 만들어졌습니다.

소싯적 낚시로 날렸던 어르신들 모여, 낚시 여행 잘 다녀왔습니다! 흐렸던 하늘에 빗방울이 떨어지더니 점점 거세졌습니다. 아무렴, 비는 문제가 되지 않습니다. 아산으로 떠나는 어르신들의 얼굴은 마냥 설렙니다. 이 순간만큼은 다시 '청춘'이지요. 한가득 챙긴

낚시가방만큼, 소년처럼 수줍은 설렘도 한가득 챙겨 오셨습니다.

봉재저수지 드넓은 강물에 이들의 낚싯대가 던져졌습니다. 낚시 하나만으로 어르신들은 똘똘 뭉쳤습니다. 눈은 수면에 둥둥 떠 있는 찌를 바라보고 있을지라도 이야기보따리는 술술 풀어집니다. 왕년에 다녔던 전국 방방곡곡 저수지를 알려 주고, 반질반질 잘 손질된 낚싯대를 자랑하며, 물고기가 잘 무는 떡밥 제조법과, 잡았던 물고기 중 최고 큰 것이 몇 자였는지 늘어놓습니다. 이리저리 이어지는 이야기 속에, 하나둘 월척 소식도 들려오지요.

깜깜한 밤에도 이들의 찌는 여전히 떠 있습니다. 고요한 침묵만이 흐르지만, 그 침묵 속에서 어르신들의 마음이 연결되어 있음을 느낍니다.

"우리들이요, 또 낚시 갈 수 있을까요?"
"그럼~ 낚시 동호회를 만들면 어떨까? 정기적으로 가는 거지~"
"다음은 어디로 가지요? 가깝게 김포도 괜찮고, 인천도 좋고요!"

행복했던 낚시 여행을 끝내고 돌아오는 길. 어르신들끼리 오고 간 이야기입니다. 아마도, 양천구 조사들의 두 번째 낚시 여행이 시작될지 모르겠습니다.

"어르신들이 진정으로 바라셨던 건, 당신의 따스한 온도입니다."

여행을 위해 너무나 많은 응원을 받았습니다.

"어르신들~ 행복을 낚는 시간이 되세요."
"인생의 월척을 만드는 디딤돌이 되길 바라요."
"시원하게 월척 낚으세요!"
"마지막이 아닌 새로운 출발이 되리라 믿습니다."

응원 댓글을 읽어 드리니 어르신들은 발그레한 미소를 보여 줍니다. 댓글 보는 법을 알려 드렸더니 어르신은 그 투박한 손으로 응원 댓글을 내리고 또 내려서 몇 번이고 읽습니다.

어쩌면, 장애 어르신이 진정으로 바라였던 건, 사람일지도 모르겠습니다. 매일이 외롭고 고달팠을 겁니다. 낚시 여행 덕분에, 사람의 온기를 느낍니다. 당신의 따스한 온도를 나누어 주어서 고맙습니다. 따뜻합니다.

— 사회복지사 이하영

양천구 조사들의 낚시 여행기는 카카오 같이가치 모금에서 시작되었습니다. 소싯적 낚시 좋아하던 어르신의 꿈 한번 이루어 드리고 싶은 마음이 이렇게 일을 냈습니다. 카카오 같이가치의 글을 보고, 나눠 주신 마음 덕분에 잘 다녀왔습니다.

"낚시가 왜 좋냐고? 그냥 좋아, 낚시가 내 인생이었어."

목동에 사는 이정호(가명) 어르신은 35년생, 올해로 아흔입니다. 태어날 적부터 선천적 소아마비가 있어 한쪽 다리가 잘 움직이지 않습니다. 나이가 들면서 걷는 게 더 불편해져 멀리 나가는 건 엄두도 안 납니다. 집에서만 생활한 지도 하세월, 텔레비전 채널을 이리 저리 돌리며 시간을 보내는 게 하루의 일과지요. 사랑하던 아내도, 마음을 나누었던 친구도 떠나보낸 이정호 어르신은 외롭습니다. 사회복지사를 붙잡고, 밤에 눈을 감으면 그대로 뜨지 않길 바란다고 말합니다.

그런 이정호 어르신을 웃게 하는 유일한 건, '낚시'입니다.

"어르신, 낚시가 왜 좋으신 거예요?"

"내가 다리를 못 쓰잖아. 그래도 할 수 있는 게 낚시였어. 낚싯대를 드리워 놓기만 하면 되니까. 낚시가 내 인생이었어."

낚싯대를 구경시켜 달라는 말에 온갖 장비를 꺼내 옵니다. 당장이라도 쓸 수 있는 만큼 반짝반짝 손질이 되어 있습니다. 낚시에 얽힌 이야기를 풀어내는 어르신의 얼굴에는 낚시하던 그 시절이 떠오르는 듯 설렘과 행복, 그리고 간절함이 보입니다.

"낚싯대를 잡고 가만히 눈을 감곤 해."

신월동 토박이인 49년생 김상훈(가명) 님의 집 한편에는 낚시용품이 한가득입니다. 그가 젊었을 땐, 부단히 바빴던 평일을 보내고 주말엔 강가로 떠나서 조용히 낚시하는 것이 일상이었습니다. 소양

강으로, 충주호로, 아산만으로 전국을 다녔지요. 달빛도 비추지 않는 고요한 밤에 수면 위로 둥둥 떠 있는 찌를 바라보는 게 김상훈 님의 낙이었습니다.

돌보지 않았던 당뇨가 몸 군데군데에 합병증을 낳았고, 장애를 가지게 되었습니다. 낚시를 즐겨 가던 김상훈 님의 일상은 바뀌었고, 지금은 낚시를 가지 못합니다.

"어쩔 땐 낚싯대를 잡고 가만히 눈을 감곤 해요. 낚시가 가고 싶으니까. 낚시를 하고 있다고 상상하는 거예요.

"양천구 조사들 모여서 낚시하러 갑니다."

젊은 날, 낚시를 사랑했던 그들은 낚시를 가지 못하게 되었습니다. 하지만 여전히 낚시를 사랑하고, 다시 낚시 갈 그날을 꿈꿉니다.

"어르신, 낚시 여행을 갔다 오면 어떨 거 같으세요?"
"홀가분할 거야, 후련하고. 답답했던 마음이 탁 트이겠지."
소싯적 낚시로 날렸던 양천구 조사들과 아산 봉재저수지로 출조를 가려고 합니다. 어쩌면 마지막 출조가 될지도 모릅니다. 드넓은 강물 바라보고, 강바람 맞으며, 그토록 원했던 밤낚시도 실컷 하겠습니다. 고기가 잡혀도 잡히지 않아도 이 조사들에겐 상관이 없습니다. 잔잔한 강물에 낚싯대를 드리워 놓고 하염없이 찌를 바라보고 있는 것만으로도 행복합니다. 낚싯대를 던지고 줄을 감으며 낚시하다 보면 어느새 젊은 날의 내가 되어 힘차게 숨 한번 내쉬게 될 거라 믿습니다.

 낚시를 잘한다는 것은 어떤 걸까요? 이외수 작가의 구조오작위 (九釣五作尉)에서는 마음가짐에 따라 낚싯대나 낚싯줄이 움직이게 되는 것이지, 동작 여하에 따라 움직이는 게 아니라고 합니다. 마음이 흐트러지면 반드시 낚싯대나 낚싯줄도 제멋대로 움직입니다.

 이들의 마음은 흐트러졌을까요? 아니요, 낚시를 대하는 당신의 마음은 변하지 않았습니다. 그리웠던 만큼 행동도 마음가짐도 깊습니다.

 양천구 조사들과 낚시 다녀오겠습니다!

 덕분에, 감사합니다. 고맙습니다.